Julia Kulewatz

Vom lustvollen Seufzer des Sudankäfers

edition.cetera

Bibliografische Information der Deutschen Nationalbibliothek:
Die Deutsche Nationalbibliothek verzeichnet diese Publikation in der Deutschen Nationalbibliografie; detaillierte bibliografische Daten sind im Internet über dnb.dnb.de abrufbar.

Texte: Julia Kulewatz
Lektorat und Korrektorat: Stephan Herbst

Umschlagmotiv, Illustrationen: © Frank Krause, www.illustravieh.de
Satz, Layout, Coverdesign: Philipp Harden, 3punkt5 werbeagentur, www.3punkt5.com

Druck und Bindung: BoD – Books on Demand, Norderstedt

1. Auflage, Leipzig 2017

www.ed-cetera.de

ISBN: 978-3-944478-08-1

Inhalt

DUNA

Ein scharlachroter Lippenstift lässt ihren Mund zur Wunde werden. Sanft verkriechen sich seine roten Reste in zuckende Mundwinkel, bilden Fältchen in vollen Lippen, schaffen ein rostendes Gestein. Hinter ihren Augen wohnt etwas Hartes, das den verwüsteten Körper verraten will. Ihr Körper ist eine Dünenlandschaft, über den dann und wann eine Eidechse huscht. Die Spuren des Tages zeichnen sich in ihren Handlinien ab, graben sich in sie ein, verschweigen die Wüstenwanderung ihres Wesens. Ihre Hände sind zu klein für den Rest von ihr, sind falsch an ihr, einer anderen zugehörig. Sie wirkt zusammengesetzt, ist nur teilweise, nur in Partien schön. Sie beobachtet mich aus zu Schlitzen verengten Echsenaugen. Ich fürchte einen Sonnenbrand, blecke die Zähne, befeuchte ihren verzweifelten Mund. Sie schmeckt namenlos, ist weniger als ein restwarmer Abdruck im roten Sand einer gemeinsamen Vergangenheit.

Dissoziation

Ein Schatten, ein Lichtschimmer, Dunkelheit. Tanja hat Angst in der Dunkelheit, sie lauscht ihrem Atem, er ist ruhig, flach, versetzt sie in Trance, bereitet sie vor. Alte Häuser knarren, sie riecht Nikotin, junge Mädchen wimmern heimlich, nur allzu oft, und sie lügen, erfinden Freunde, die sie nicht haben, sie riechen, schmecken, fühlen Dinge, die es nicht gibt, die es nur in ihnen gibt. Nikotin. Es ist, als könne sie Insekten schwirren hören, nein, nicht hören, fühlen. Fremde, kalte Bewegungen, als ob sie das Haus zum Ächzen brächten, sie kann sie auf ihrem nackten Kinderkörper spüren, wie sie surren und jucken, pieksen und zittern, wie sie beben und schleimen. Ihre Augen sind aufgerissen, tief, zäh, gleich einer sterbenden Sumpflandschaft, Libellen, Sumpfbewohner. Tanja ist ein Sumpfbewohner. Furcht riecht nach Nikotin, Angst schmeckt nach verdorbenem Speiseeis, Entsetzen fühlt sich haarig und viel zu groß an. Im Wasser lösen sich Ängste, dort müssen sie sterben, ertrinken, dort, im kalten Nass, durch kühle kleine kindliche Hände, die berühren wollen, berühren müssen: zaghaft, gefühlvoll, endlos.

Manchmal können sie noch eine Weile schwimmen, bevor die Kinderhand sie zwingt zu ertrinken. Torben ist, als würden sie in das schlammig suppige Wasser gehören, es lässt ihre Konturen verschwimmen, entrückt sie auf unbestimmte, auf tote Weise, lässt ihre verzweifelten Regungen ersterben. Ganz langsam, so dass er es genießen kann. Es ist seltsam, denn wenn ihre Chitinpanzer glitzern, dann sehen sie wertvoll aus. Das ist nur logisch, sind sie doch in der Erde geboren, Torben hat sie dort geborgen, wie kristalline Diamanten, deren Wert noch niemand entdeckt hat.

Ihr Wert liegt im Ertrinken und darin, wer sie ertrinken lässt, wenn der kleine Junge ihnen ihre unaufhörlich glänzenden, zuckenden Leben raubt. Wie Öl, das sich in einer Pfütze ausbreitet, ihr einen schmutzigen Schimmer verleiht, um von Kindern bemerkt zu werden, die sich dann am regenbogenfarbenen Dreckwasser erfreuen. Sie kichern zu laut, die Kinder, äußern ihre Freude zu schrill, zu ungebändigt, wenn sie unmerklich ihr Recht auf Kindsein verlieren, es aus sich heraus lachen, bis dort nichts mehr ist, aussichtslos, unfruchtbar, ungesühnt. Es war niemals ihr Lachen, nichts als ölige Spieglung: zäher, verlogener Saft eines verleugneten Regenbogens.

Torben hat Kontrolle über ihr kleines, unbedeutendes Zappelleben. Kontrolle. Er kontrolliert sie ganz alleine, seine Käferwelt, aufgebaut in einem Badezimmer, das Kindersehnsüchte schimmeln lässt, dessen vergammelnde Wände öfter näher rücken als ihm lieb ist: Zu oft. Zu modrig. Zu eng.

Wenn das geschieht, wenn ihm kein Ausweg mehr bleibt, wenn sich die Gerüche um ihn herum verdichten, wenn sie Realitäten schlucken, seine Realität, ist er Tanja ganz nahe:

Die Insekten sind verschwunden. Schweißnass schmiegt sich das dunkelbraune Kinderhaar um das kleine verlorene Kindgesicht. Tanja kann sie noch immer hören. Sie lauscht, saugt die schwere Luft ihres Zimmers ein. Es ist nicht ihr Zimmer, nicht ihr Gesicht, sind nicht ihre Haare. Ein zuckerglasierter Kleinmädchenmund zusammengekräuselt vor Insektenekel. Man kann ihnen nicht entkommen, angelockt von ihren Zuckerlippen, maßlos, überschwemmend, sich labend, ertränkend, und sie weiß, sie werden auf sie kriechen, über sie kriechen, in sie kriechen. Es wird nichts helfen, die Lippen aufeinanderzupressen und an tiefe Wasser, an Ertrinken zu denken, denn Zucker zieht sie unweigerlich an, ihn auskostend, in ihm baden werden sie, sich krabbelnd und fleuchend an ihm ergötzend, umeinanderschlingen, ineinander verkeilen, sich vermehren, in ihr leben, angezogen nur von einer infantilen ungeflügelten Süße, gebettet auf Daunenkissen.

„Torben ...??" Mutters Stimme ist schrill.

„Wo steckst du denn?" Torben antwortet nicht, seine Hand gleitet durch das eiskalte Badewasser, mechanisch die gleiche exakte Hin-und-Her-Bewegung, wie am Abend davor, und dem davor, und denen davor, und jenen davor. Die Stimme kommt fluchend näher, Torben flucht auch, innerlich ... hin und her, vor und zurück. Die Türklinke des Badezimmers wird abrupt heruntergedrückt. Mutter trägt das weinrote Kostüm und fängt an zu stottern: „Kind, was hast ... hast du ... hast du wieder gemacht?" Der Junge in dem Badezimmer antwortet nicht. Hin und her, vor und zurück, Kindersinne, verloren im Wasser. „Torben? Sie sind jetzt alle tot. Du kannst aufhören!" Mutter wirkt nun müde und abgeschlagen: „Hast du nicht gehört, du sollst aufhören!" Der am Wannenrand kniende Junge ignoriert sie fast beiläufig, ... hin und her ..., von weitem nimmt Torben eine Stimme wahr. Sie ist leiser geworden. Das kalte Wasser, das Wasser mit den toten Insektenkörpern beruhigt ihn, tote Dinge beruhigen ihn, auch, dass sie einmal Leben hatten, die einen mehr, die anderen weniger. Lebendiges ängstigt ihn, je lebendiger, desto erschreckender. Ein schimmerndes Krabbeltier fängt an zu zucken, letzte Zuckungen.

„Sind sie nicht, Mutter, ... ich komme, wenn sie es sind."

Mutter setzt sich auf den Wannenrand, mustert den Badewanneninhalt, dann ihren knopfäugigen Sohn. „Eine schöne Sammlung hast du da wieder angehäuft." Mutter atmet tief ein. „Wo hast du denn den Großen her? Ich wüsste nicht, dass wir solche Käfer im Garten haben ..., haben wir?" Torben stiert gleichgültig versunken in das Wasser, berührt die leblosen Insektenkörper, tote Rüstungen, seine Berührung ist gefühlvoll. Er hat großen Respekt vor tragischen Toden, auch wenn es nur ein kleiner Tod war, ein unbedeutender, der eines Krabbeltiers. Ein Überlebenskampf verdient Torbens Respekt, denn nur ein erkämpfter Tod ist auch ein wirklicher, ist er auch noch so klein. Sie wissen nicht um die Tragik des kleinen Todes. Mutter weiß nicht um Tragik. Insekten wissen darum. Tanja weiß darum. Das Wasser weiß darum. Torben ist Teil des Wassers.

„Kind? Siehst du nicht, da bewegt sich nichts mehr, sie sind alle eingeschlafen.“

„Sind sie nicht, sie sind ertrunken. Ich bin jetzt fertig, Mutter.“

Der kleine Junge tritt vor den Spiegel, legt seinen wirren Pilzkopf zurecht, richtet den Latzhosenträger seiner roten Cordhose, sieht Tanja, zwinkert ihr zu, schaut dann weg, nimmt seine ausgelaugte, resignierende Mutter bei der Hand und führt sie ohne ein Wort aus dem Badezimmer. Jetzt flucht Torben nicht mehr, aber stumm wird er heute bleiben.

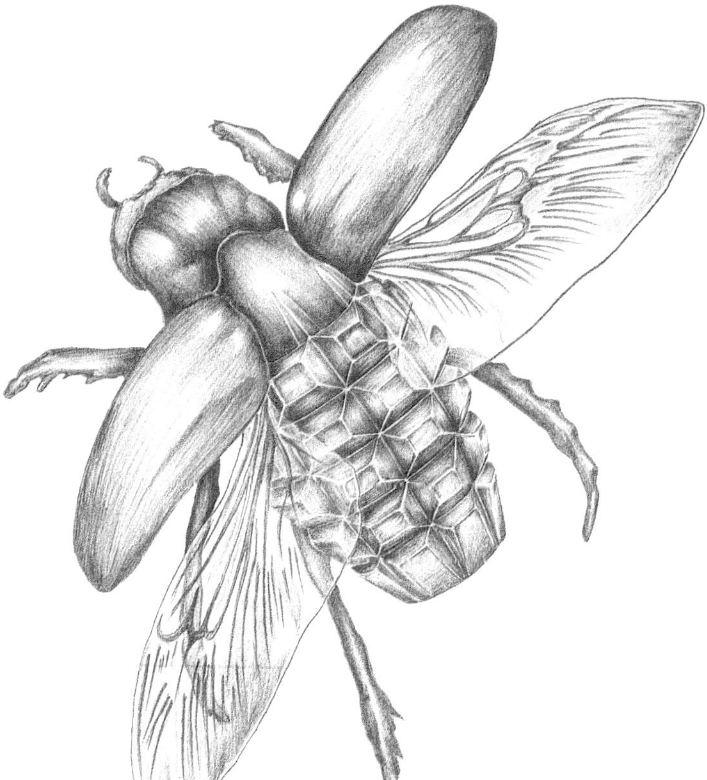

FAMILY AFFAIRS

GO NOW!
Geschmeidig schritt sie an den Reihen übender Mädchen vorüber. Betastete, scannte sie mit prüfenden Blicken, die keinen Fehler übersahen oder auch nur tolerierten: „Halt den Rücken gerade, Elena! Lucy, das Bein höher!“ Sie war bekannt dafür, wie gnadenlos sie die Kinder trainieren, aber ebenso dafür, wie viele vielversprechende Tänzerinnen sie hervorbringen würde. Manchmal war es den Mädchen rein anatomisch nicht möglich, den Anforderungen, die das Tanzen an sie stellte, gerecht zu werden, diese schieden aus. Aber es war überaus wichtig, diejenigen zu erkennen, die nicht bereit waren, an ihre physischen und psychischen Grenzen zu gehen und sie dann weit darüber hinaus anzutreiben. Dafür brauchte man Feingefühl und Scharfsinn.

Ihre Tochter war eine von ihnen, sie war eine begnadete junge Balletttänzerin gewesen. Doch lange hatte sie auf diesem Niveau nicht tanzen können. Nun würde sie nie wieder tanzen.

Wenige Monate später hatte sie die Tochter, den Jungen und den Mann verlassen, hatte ihr altes Leben verlassen, um ein noch älteres Leben wiederaufzunehmen, um wieder den Erfolg zu genießen, den sie als Choreografin und Tanzlehrerin genoss. Sie war die Beste auf ihrem Gebiet und würde noch lange unerreicht bleiben.

Gedankenverloren betrachtete sie ihre schlanke Silhouette in den Spiegeln des Ballettsaals. Sie war groß und athletisch, hatte ein scharf geschnittenes, kantiges Gesicht und weiche, volle Lippen, die sie früher gern hervorgehoben hatte.

Früher war vorbei.

GO BOY!
Er saß allein in der ältlichen, schlecht isolierten Dachkammer vor einer halbleeren Flasche. Alkohol und er, das war eine Hass-Liebe. Unbeholfen glitt die raue, faserig wirkende Hand über die kalte Flasche, nur dieses eine Mal, ohne sie zu öffnen. Sein Körper war vom Alkohol ausgezehrt und mager, keine Spur mehr von Autorität, oder Dingen, die damit verbunden werden.

Er ging zu seinem großen hölzernen Kleiderschrank, neben dem Stuhl das einzige Möbelstück der Dachkammer, und öffnete ihn. Ein intensiver Mottenkugelgeruch schlug ihm entgegen, gemischt mit miefiger Feuchtigkeit und Erinnerung. Der Schrank war leer, bis auf ein gilblich verblichenes Tutu, an dem er früher gerne gerochen hatte, und einen braunen Ledergürtel. Er nahm den Gürtel und zog ihn durch die Handfläche. Das Leder war weder weich noch steif, und er erinnerte sich, erinnerte sich an die Frau, das Mädchen und den Jungen.

Besonders an den Jungen.

Er hatte ihn oft geschlagen und fand noch immer, dass das richtig war. Er befestigte den Gürtel an dem Dachbalken, der über ihm ragte, und rückte den Stuhl darunter gerade. Ja, den Jungen hatte er oft geschlagen, der war nicht normal und auch der Gürtel hatte ihm das nicht austreiben können. Einmal hatte er ihn in den Kleidern seiner älteren Schwester, großzügig bemalt mit dem dunkelroten Lippenstift seiner Mutter, vor dem Spiegel tanzend vorgefunden. Gut, dass seine Frau das nicht mit ansehen musste, denn die war schon lange gegangen, hatte ihn zurückgelassen mit dem unglücklichen Mädchen und dem weibischen Jungen.

Er tat daraufhin das einzig Richtige: ihm mit dem Gürtel die Flausen aus Kopf und Hintern prügeln.

Nun prüfte er den Stuhl, der war schon etwas morsch, würde aber auch nur wenige Augenblicke stabil bleiben müssen. Auch die Schlaufe des Gürtels würde ihn gewiss halten. In Gedanken glitt er zu dem Tag zurück, an dem er den Jungen zum ersten Mal hatte im Arm halten dürfen. Mit der Erinnerung an diesen wohlig warmen Moment bestieg er ganz automatisch den Stuhl:

GO GIRL!
Die vielen um den Spiegel angeordneten Lichter rahmten sein schönes Gesicht. Liebevoll strich er über den schwarzen Samttorso, der auf dem Schminktisch platziert war und seine flachsfarbene Perücke trug. Seine Haut war makellos, jeder Bartstoppel entfernt, weich und duftig. Er lächelte sich selbst entgegen und trug mit geübten Bewegungen die Grundierung auf. Dior und Artdeco, etwas anderes kam nicht infrage. Er war wirklich eine vollendete Erscheinung, femininer als die weiblichste Frau.

Schon als Kind hatte er die Bewegungen des schönen Geschlechts studiert. Heimlich sah er der großen Schwester beim Tanzen zu, wenn diese sich unter den wachsamen Augen der Mutter auf einen ihrer zahllosen Auftritte vorbereitete. Dann glich sie den winzigen Porzellantänzerinnen in den Spieluhren der Mädchen. Damals hatte er beschlossen, ihr eine solche zu ihrem nächsten Geburtstag zu schenken und er hatte es auch getan. Doch zu diesem Zeitpunkt konnte sie bereits nicht mehr tanzen. Kein Wunder also, dass sie die

Spieluhr hassen musste. Von da an durfte er nicht mehr ihre Kleider anprobieren. Sie stellte sich auch nicht mehr gegen den ständig besoffenen Vater, wenn der ihn wieder schlagen wollte, nur, weil er mit seiner Schwester Kleider anprobierte, die manchmal noch nach Mutter rochen. Von da an war er endgültig allein, denn seine Schwester wollte allein sein.

Er erwachte wie aus Sekundenschlaf und fuhr fort, sich zu schminken. Männer lagen ihm zu Füßen, obwohl er in jedes Transenklischee gepasst hätte und die übergroßen Hände und Füße ihn verrieten. Männer jedoch liebten genau das, was er war: unentschieden.

Nachdem er feinsäuberlich die Lippenkontur gezogen hatte, trug er großzügig den dunkelroten Lippenstift auf. Immer wieder zog er zuerst die volle Oberlippe, dann die noch vollere Unterlippe nach. Sein Mund war filmreif und er trug absichtlich zu viel Lippenstift auf. Diesen einen benutzte er nur für ganz besondere Anlässe, so wie es seine Mutter getan hatte. Aber heute hatte er selbst die Zähne rot bemalt, nur um die Farbe später mit der Zungenspitze ganz genüsslich wieder entfernen zu können. Mit einem Kosmetiktuch reinigte er sich von überschüssigen Lippenstiftresten und betrachtete sich erneut im Spiegel. Hypnotisch zog er die Augenbrauen hoch: „Du bist ja wirklich die Allerschönste“, äffte er den überaus großzügigen Typen von letzte Nacht nach. „Jaja, und bald kommt der Prinz, nicht wahr, Schneewittchen?!“, sagte er mit geziert weiblicher Stimme zu sich selbst und seinem Spiegelbild, mit der Feststellung, dass der Lippenstiftauftrag doch noch nicht ausreichend war, nicht für die „Allerschönste“.

Wieder zog er zuerst Ober-, dann Unterlippe nach, formte seinen Mund zu einem O und entglitt in eine kreisförmige, sich wiederholende und vollkommen mechanisch ablaufende Bewegung. Inzwischen war der üppige Männermund bizarr übermalt und mahnte eher an eine blutige

Wunde, als dass er noch an einen Mund erinnerte.

Der junge Travestiekünstler hielt plötzlich inne und starrte sich im Spiegel an. Mit dem Handrücken verschmierte er den Lippenstift. Ohne sich aus den Augen zu lassen, zog er ihn zur rechten Gesichtshälfte hinunter, so lange, bis sich Lippen- und Gesichtsfarbe nicht mehr unterscheiden ließen. Er nahm den Lippenstift erneut in die Hand, bereits Jahre zuvor war er so sparsam wie nur irgend möglich mit ihm umgegangen, hatte die Farbe nur getupft, niemals gestrichen. Lange sah er den Lippenstift an, folgte jeder Linie, jedem Schriftzug, wurde sich dessen bewusst, wofür er Symbol war, nahm ihn in den Mund, lutschte zuerst zaghaft, um ihn dann mit seinen Zähnen katschend zu zermalmen und den blutroten Rest geräuschvoll hinunterzuschlucken.

NO-GO!

Manchmal nachts geht sie mit den Bewegungen einer Schlafwandlerin die lange gewundene Treppe hinab. Sie selbst ist dann bloßes Möbelstück in ihrem Loft, welches einen offensichtlichen Rückbezug auf die Einfachheit der Form zu fordern scheint. Umso auffälliger und umso unpassender das kleine Accessoire im Zentrum des nackten, kalkweißen Treppenregals, deplatziert und unnütz, also ein NO-GO! – würde man sagen, ein rosa-goldener Stilbruch der unbeholfenen Art: die viel zu kitschige Spieluhr aus feinstem Porzellan.

Doch wenn sie diese winzige Gesamtsituation sanft berührt und ihr auch den letzten verzogenen Ton entlockt hat, ist sie wieder Teil ihrer Kleinmädchensehnsüchte. Auch die kleine Porzellanballerina jubelt ihr dann die eigene, vergangene Kindheit entgegen: den Jubel schmerzender Füße und den des tosenden Applauses, in dem man sich rausch- und ruckartig verliert und verliebt.

Dann ist sie wieder neun und kann genauso lächelnd tanzen wie die entzückende Tänzerin der Spieluhr. Ebenso entrückt und verzerrt schwebt nun die Musik ihrer Kindheit über ihr, erinnert an trüben Schmerz, pochende Geräusche, Disziplin und Versagen. Ein Relikt aus vergangenen Zeiten, ähnlich einer Versteinerung. Dann weiß sie wieder, dass von ihr nichts bleiben wird: kein Tanzen auf den großen unvergänglichen Bühnen kleiner vergehender Menschen.

Die sorglose Tänzerin in ihrem Spieluhrenpanorama weiß nichts von zerbrechlichen Kleinmädchenkörpern und deren Sehnsüchten, sie tanzt lediglich weiter zu der schiefen Melodie, die nun unsanft ausklingt. Eine letzte Drehung; dasselbe rotwangige Porzellangesicht, ein immerwährendes Lächeln auf den kalten glatten Lippen.

Während sie zaghaft über die kleine Spieluhrprotagonistin streicht, wird ihr die Kälte ihrer Bewegungen bewusst: „Und wenn du doch nur schief lächelnd könntest zu deiner schiefen Melodie und wenn das Gold um dich herum von wahrem Glanze wäre, dann könnte ich schlafen gehen und vom Tanzen träumen, ohne mich deines toten Ausdrucks selbst im Traume noch erinnern zu müssen.“

Stimmloses F

„Ich bin in der Menschenwelt untergetaucht!“

In einer regnerischen Nacht ist sie vor meiner Wohnung gestrandet und hat mich wortlos überflutet als ein stummes Abbild all meiner Ängste und Sehnsüchte. Ich kann mich an kein Geräusch erinnern, nur an Regen, nicht an ihre Schritte oder ihr leises perlendes Lachen, das ich mir eingebildet haben muss. Sie glitt in mein Leben als ein feuchter Wachtraum, der sich mir entzieht. Ich erinnere mich an den tropfenden Saum ihres Kleides und das lange nasse Haar, welches ihr bis zu den Hüften floss. Ihre Stimme habe ich nie gehört, aber das Flehen ihrer Augen ließ sie mich in mein Badezimmer tragen: Dort lebt sie bis heute.

Ich liebe es, sie zu betrachten, sie liebt es zu baden.

Ich will ihn umarmen, meine Haare um ihn schlingen, bis er nicht mehr atmen muss und meine süße Stille teilt, so lange, bis er an mir ertrinkt und für immer und niemals bei mir ist.

Ihr Geruch lässt mich Libellen denken. Kleine grüne Spinnen nisten in ihrem absonderlichen Haar, fangen glitzernde Wassertropfen in ihren Netzen. Sie ist wie ein Stummfilm, ohne je Kontur besessen zu haben.

Ich möchte singen.

Seine Seele wird bersten und die meinige gebären. Mein Unterleib ist fruchtlos und kalt.
Manchmal tauche ich meinen Kopf unter und öffne die Augen, um ihn durch das Wasser zu erblicken.
Erst dann erscheint er mir wirklich und als Teil meiner liquiden Welt, dann will ich ihn hinabreißen.
Ich möchte singen,
und darf es nicht, ich würde ihn töten und doch; wie sehr scheint er es zu wünschen.
Er weiß nichts von der Sehnsucht meines geteilten Leibes.
Ich möchte singen.

Du bist schneeweißes Sterbe-Fisch-Fleisch mit lieblichen Zügen.

Ich will in ihr leben, denn mit ihr leben kann ich nie. Sie ist das Rätsel vorübersiechender Mondnächte; voll von kalter, erbarmungsloser Schönheit, die summend durch meine vielstimmigen Träume schwimmt. Da lauert sie nun im Zwielicht meines Badezimmers als schönster aller Fremdkörper. Das Tageslicht habe ich sie nie sehen lassen. Bereits ihr Kleid hat sie verraten, denn ich erahne das Reich, aus dem sie geflossen sein muss. Ich spüre sie wie einen erotischen Fiebertraum, der Grund zu der Annahme gibt, dass man wohl krank sein muss.

Ich möchte singen.

Sie ist in mir, frisst Erinnerung, fremde Melodien träumend.

Sie singt. Zweifellos. Sie singt:

Seevögel kreischen durch ihr Lied, erregt mit den Flügeln schlagend, verlieren einzelne Federn, die auf die erwärmte Wasseroberfläche niedertaumeln. Unter ihr tanzen silberne Fischschwärme. Von tiefstem Blau durchsetzt, wiegen sich geschmeidige Wasserpflanzen im Takt. Quallen schweben vorsichtig durch das Dunkelschwarz ihrer Gedanken, liebkosen zaghaft ihren milchweißen, entsetzlich kalten Körper. Ihr Gesang lässt Schiffe sinken, ist zerklüfteter Fels und Sturm, ist die Lust sich windender Fischfrauen, die sich nach der Menschenwelt sehnen. Sie singt von unschuldigem Kinderspiel und von verblichenen Gebeinen, mit denen sie sich krönte.

Ich habe nicht bemerkt, wie ich zu dir in die Wanne gestiegen bin.

Aber gewiss habe ich in dein Haar gegriffen und die kleinen grünen Spinnen zerquetscht, die es so liebevoll pflegten. Auch habe ich begriffen, wie das Leuchten aus deinen erschrockenen Augen gewichen ist, und wie du Tiefsee aus ihnen hervorgekehrt hast. Deinen verderblichen Leib habe ich an mich gezogen, noch bevor du dich wehren konntest. Fest habe ich meine Hand auf deinen Männer fressenden Mund gepresst, überzeugt davon, dich nie mehr singen zu lassen.

Als ich von dir ablassen wollte, hast du mich geküsst.

Langsam weicht das Leben aus deinem mir so vertrauten Gesicht.
Geliebter.
Deine letzten Gedanken gelten mir.
Als ich beschlossen habe, für dich zu singen, habe ich deinen Tod beschlossen.
Als ich dich küsste, den meinigen. Unsere Liebe hat kein Grab.
Alles, was bleibt, ist meine hüllenlos geborene Seele, die an dich gebunden ist.
In Freuden stirb du nun,

Denn mein Kuss ist nur ein einziger und ewig letzter.

„Ich werde Wasser und kehre heim, denn ich bin an der Menschenwelt gescheitert."

BERLINER NACHRICHTEN

Mittwoch, 17. Oktober 1973 • Nr. 243 • 24. Jahrgang • 20 Pf

Bekannter Berliner Komponist tot aufgefunden

Hans-Huldbrandt Paerschke im eigenen Badezimmer ertrunken?

Am gestrigen Abend wurde der bekannte Berliner Komponist Hans-Huldbrandt Paerschke (35) tot im überschwemmten Badezimmer seiner Wohnung aufgefunden. Die Polizei geht von Tod durch Ertrinken aus, obwohl die Todesumstände noch als umstritten gelten. Suizid könne momentan ebenso wenig ausgeschlossen werden wie Unfalltod oder Mord. Die Kriminalpolizei wurde bereits hinzugezogen. Weiteres soll die zum jetzigen Zeitpunkt noch ausstehende Autopsie klären.

Kopfleuchten

καὶ λυπηθεὶς ὁ βασιλεὺς διὰ τοὺς ὅρκους
καὶ τοὺς συνανακειμένους ἐκέλευσεν δοθῆναι.

Aus ihrem Nacken stoben, nadelgleich und wie zu Eis erstarrt, winzige Härchen in alle Himmelsrichtungen. Ein aufsteigender Halswirbelknochen zeichnete sich unter einer bläulich fluoreszierenden Frauenhaut ab, auf welcher wild flackernd das Licht bereits erlöschender Kerzen tanzte. Ein unbezähmbares Schattenspiel entließ sich in die taube Furcht feinsäuberlich arrangierter Flechten, die das flachsblond fließende Haar in einem Knoten sammelten. Es war still und die Dämmerung sandte Düsternis durch die weit geöffneten Fenster des Herrenhauses.

Der Ebenholztisch, den die Schilderung dieser Landschaft umzingelt, war von tiefen Kerben gezeichnet, die der Hausherr unter einem seidenen Tischtuch zu verbergen suchte. Das Mahl war vorzeitig abgebrochen. Einige Gedecke blieben unberührt. Im Dämmerlicht schimmern die auf der Tafel platzierten Früchte verführerisch. Rote Äpfel funkeln schwarz, als hätten sie Mahngedanken an die blutigen Gärten der Hesperiden gestreift. Lose Trauben kullern wie zufällig verstreut über und unter den Tisch. Ein totglänzender, ungeschuppter Fisch trieft, säuerlich eingelegt, mit offenem Maul inmitten des Obstes. Überreife Birnen schwimmen im rotbraunen Sud gesottener Rotkehlchenbrust und verbreiten jenen süßlichen Wohlgeruch, der Verwesung bereits erahnen lässt.

Aufpoliertes Tafelsilber erzeugt eine metallene Festlichkeit, in der sich der Prozess einer bevorstehenden Auflösung als konturlose Spieglung andeutet. Der Inhalt eines erschrocken umgeworfenen Rotweinglases hat sich anklagend über verlogenes Tischdeckenweiß ergossen. Nur ein einziges Glas ist von einem Lippenstiftabdruck am äußeren Rand verraten worden. Abgeschnittene Efeuranken täuschen über die eigene Giftigkeit hinweg, das Angerichtete feierlich einfassend.

Die Szene heuchelt sich in abendliches Schweigen hinein. Bald weicht das Abendrot der zu früh hereinbrechenden Dunkelheit, kurz bevor der Frauennacken Nacht atmen muss.

Auf morschem Fensterbrett sitzt, vom Niedergang der Kerzen angezogen, ein erster Nachtfalter, gekleidet in vorsichtige Grauabstufungen, noch zu feige, das eine oder andere Augenpaar blitzen zu lassen. Leise Pfeiftöne entweichen, gepaart mit geflügeltem Surren, in das Innere des sachte illuminierten Saales. Drei vibrierende Beinpaare erzeugen ein nahezu geräuschloses Schaben am Rande der Einbildung. Nicht laut genug, um der Stille Herr zu werden, entspannt der Falter den saugenden Rüssel unter für das menschliche Ohr nicht wahrnehmbarem Schmatzen, zum Flug auf das begehrte Objekt ansetzend. Unzähliges wird ihm folgen.

Zentrum der Festlichkeit ist ein ausladend verziertes Silbertablett, dessen glatte Fläche sich, wie die Wogen eines verstummten Sees, um das Haupt der Tänzerin ausgebreitet hat. Tastend klopfende Trippelgeräusche mischen sich unter Schiller-Staub-besetztes Geflatter. Der erste Leuchtkäfer erkundet die Unruhe unzähliger Nachtfalter, die sich schwärmerisch in die Räumlichkeit des kürzlich verstorbenen Tanzfestes flüchten.

Im Silbersee eines beklommen abgehaltenen Abendmahls thront das leichenblaue Gesicht der enthaupteten Muse. Unter ihren niedergeschlagenen Augenlidern klebt, halb geronnen, letzte Tränenflüssigkeit. Die Ahnung versprochener Lustbarkeiten kriecht unerfüllt säuselnd von ihren noch feuchten, leicht geöffneten Lippen; Falter und anderes anlockend: Sanft dringt der Vorbote der Tränentrinker, die Flügel weit spreizend, in das bewegungslose Augenlid der Schönen ein, um sich an Köstlichem zu laben. Er ist Teil eines Schwarmes. Im Abglanz des Kerzenlichtes zeigt uns das Tafelsilber, was der Betrachter nicht glauben mag: Das Haupthaar des Mädchens ist erfüllt von zahllosen Nachtfaltern, die sich an den Flachsflechten wie zum Schmucke zu ordnen beginnen.

Der erwähnte Leuchtkäfer ist nicht der einzige Vertreter seiner am Tage unscheinbaren Art geblieben. In ungeschönt brummendem Braun hatte er sich, Signale sendend, in Richtung des einladenden Frauenhauptes aufgemacht. An getrockneten Tränen war er nicht interessiert, wohl aber an den vielstimmig summenden Schwärmern, die sich, die Tote krönend, bereits zu einem Kranz verdichteten. Ein irisierendes, unstetes Glimmen, welches sich den ersten erloschenen Kerzen und damit der völligen Einkehr stiller Dunkelheit entgegenstellte, begann, das Flachsblond zaghaft in grünliches Gold zu verwandeln. Die Eroberung fortsetzend, folgten weitere Käfermännchen: Blinksignale erhörend, leuchtende Antworten sendend. Beinahe andächtig ließen sie sich im murmelnden Gesurre der Nachtfalter nieder, die Krönung der toten Tänzerin mit einem Strahlenkranz zu vollenden.

Ein Schmetterling setzt sich Abschied küssend auf jenen süßen Frauenmund, welcher nicht einmal in der vollkommenen Entspannung des Todes Unschuld vortäuschen kann. Glühend fanden die Leuchtkäfer einander inmitten des verratenen Goldes, antwortend auf die flimmernden Fragen blinkend zuckender Käferkörper. Auch die letzte Kerze war niedergebrannt, hatte den Saal damit zur Nacht gemacht. Das ungeahnt einsetzende Festmahl war von anderer, nicht menschlicher Art und von unwirklichem, trügerischem Frieden beseelt. Lebendes Licht lauerte nun im Haarschatten eines ausgelöschten Mädchenlebens, flackernd, sich sphärisch zu Schein verdichtend, der einen flüchtigen, heilig scheinenden Strahlenkranz im Zentrum des ängstlich zurückgelassenen Ebenholztisches erzeugte. Die Luft war erfüllt von feuchter Nachtkälte, die den Tanzsaal schleichend für sich gewann. Summen, Zirpen, Pieksen, Stechen, Krabbeln, Schaben, Zucken, Flattern, Surren und Schwirren schwollen merklich an und mit den Geräuschen der geflügelten Gäste wuchs das Kopfleuchten der Falter-Gekrönten.

Der auf den Lippen schlafende Schmetterling begann, sich in kusstrunkener Benommenheit zu regen und hielt in eben jener zarten Regung inne, als sich plötzlich, vom strahlenden Widerschein geblendet, zwei tot geglaubte Frauenaugen öffneten.

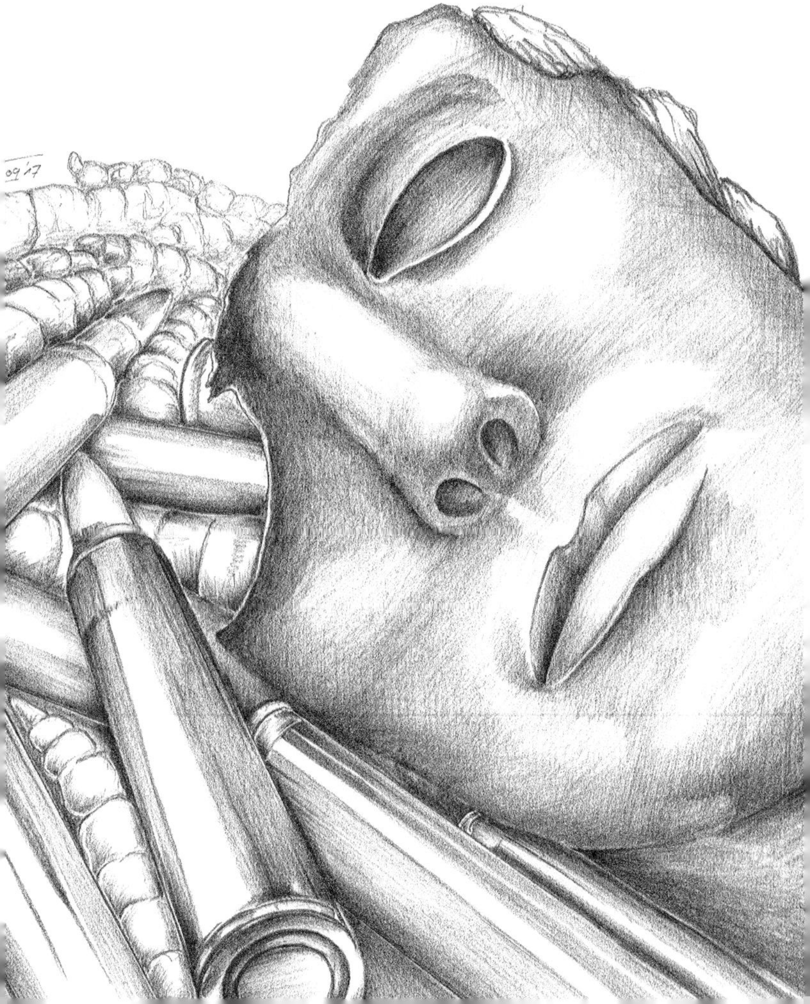

Irene steht zur Wand

Das Mädchen steht mit dem Gesicht zur Wand.
Die Wand steht mit harter Vorderfront zum Mädchengesicht. Beide bewegen sich notwendiger Weise nicht. Wände sind beständig, bis sie rissig werden oder eingerissen sind. Dann sind sie weniger als Mauern und keiner Erinnerung wert. Irene spricht.

Sie spricht zur Wand. Ihre Lippen beben gleichmäßig im überhörbaren Takt zur Wand, die keine Mauer ist. Sie steht unveränderbar. Die Wand hört zu.

Irene lehnt das Gesicht an. Fügt Furche an Furche. Die Wand ist angenehm kühl, die Oberfläche ungleichmäßig rau, ihr grau ist keine Farbe. Irene will Teil einer Mauer sein, ohne erzählen zu müssen. Irene flüstert in Rissen. Die Wand dämmt den Mädchenkörper vorsichtig und schluckt Geräusche aschfahl hinunter. Wände denken in Schichten. Wir teilen ein Gerüst.

Die Welt riecht Regen: Schwarze Teilchen, die einmal Leben hatten, schwimmen unbedeutend ertrunken in kleinen helllila Blütenkelchen. Über ihnen thront triumphierend einer von vielen Stempeln. Sie bilden ein haariges Kissen. Das Kissen lässt sich spiralförmig aufrollen, unter dem lila ist es weiches grüngrau, das sich nach dem schützenden Schatten seiner Blütenkelche sehnt. Sie zieht die Blütenkissen zur Spirale auseinander, dann zur Geraden und bewundert die innere Ordnung eines ehemaligen Kissens. Tropfen springen.

Die Blume bricht für manchen laut krachend. Tropfen fliegen. Sie saugt den Pflanzenduft, der Dämmerung folgend, stoßweise in sich auf und denkt an klamm gewordenes Heu. Jeder Tod hat seinen Rhythmus.

Die Wand beobachtet einen weichen Fremd-Körper: Irene hält die Augenlider verzweifelt aufeinandergepresst. Ihre Stirn ist eisern gefurcht. Für die Wand hat sie die Augen geschlossen. Irene kann nicht beten. Irene kann nicht sprechen. Irene will nicht murmeln. Die Wand hört zu. Sie ist geduldig, aber kein geduldiger Zuhörer.

Ein Sonnenstrahl feiert Verkörperlichung in einer einzelnen Blüte von dottergelb. Blütenblätter sind im linearen Reigen zu einem Strahlenkranz gefügt. Die zu kleine Sonne riecht unangenehm und strahlt nicht von alleine. Sie ist Teil einer Wiese, die nicht jeder zu schätzen weiß. Eine, mir unbekannte, Frau sitzt geblendet inmitten von zu viel gelb. Hinterlässt Abdrücke eigener Statur in versengtem grün. Eine einzelne Schweißperle lauert unter ihrer Nasenspitze, während sie versucht, Gerüchen Genuss zu entreißen. Blattgrün fletscht sich verteidigend Zähne am Stielende des sonnengelbs. Milchiger Saft trofft von gekrönten Stängeln. Ein Blumenkranz ist nicht in Sicht.

Irene lehnt sich ganz an, drückt das Körperempfinden einer erschlagenen Fliege gegen die unsauber geputzte Wand. Es bröselt leise. Ihr Atem ist ein fremdes, gleichmäßiges Geräusch. Irene will die Wand bewohnen, sie beneidet Fliegen, die sich in Ritzen vermehren, um später in feinen Netzen ihr Fliegenleben zappelnd auszuhauchen. Die Wand schweigt.

Irenes Handfläche streicht in sich wiederholenden Bewegungen über harte Rillenstrukturen, ihre Haut reißt in winzige Risse, erträgt Kratzer. Fliegen können das sehen: ihre Augen sind unterteilt in millionenfach quadratisch verbundene Lichtpunkte. Mit der Wand bilden sie Strukturen, von denen Irene ausgeschlossen bleibt. Fliegen sind Irenes Risse egal, sie beleben die Wand.

Orangerotes Feuer vergeht müde zusammengeklatscht, so dass es auf ihrer trockenen Haut Schmierspuren hinterlässt, wenn sie die Blütenreste unaufhörlich an ihrem schmalen, störrisch beborsteten Stiel durch die Finger zieht. Versunken betrachtet sie ihre rechte Hand und die rötliche, kleinklumpige Schmiere darauf. Die meisten haben fünf, einige sechs; die großen roten Blütenblätter sind so zart, dass jede Berührung sich durch Spuren verrät. Sie kann durch durchsichtig rundes rot in das Gegenlicht blinzeln.

Sie fühlt sich verschleiert und drückt die Nasenspitze leicht in das Dunkel der Blumenmitte. Sie riecht weiterhin nichts. Um sie herum kämpft blütenrot gegen blattgrün, siegen wird schwarz. Sie ritzt mit dem Fingernagel Gesichter in das Kapseloval. Unreifer Fruchtkapselsaft schleimt sich dickflüssig unter die gesplitterten Hornplattenschichten ihres spröden Daumennagels, brennt in eingerissener Nagelhaut.

Irene stiert in Wandritzen, sie hat gezählt, es werden täglich mehr. In jeder Ritze wohnt ein Tier. Die Wand ist eine Landkarte, die niemand lesen kann. Irene hat es trotzig versucht: Ihre Flüsse sind ausgetrocknet, die Grenzen unbeständig gesteckt; Ameisen patrouillieren emsig. Irene legt die Wange in ein bröckeliges Flussbett. Betonstaub klebt an unsichtbarem, hellblondem Gesichtsflaum. Irene atmet Restfeuchte in Risse und Ritzen.

Es duftet aromatisch. Sie kaut ausdauernd auf einem krautigen Halm. Das Kraut schiebt sich ihr zerfasert in die Zahnzwischenräume. Ein dumpfer Geschmack breitet sich an Schärfe gewinnend aus, sie bleckt die Zähne, verliert den Halm irritiert.

Der Halm ist von weißen Blütendolden besetzt. Jede Blüte öffnet ein zu kleines Maul, aus dem träge eine Zunge hängt. Geschlossen sind sie unattraktive Kugeln. Den Kräuterduft hat sie sich eingebildet. Das Kraut stinkt, wenn man es ausreißt. An den Wurzeln haften lehmige Erdklümpchen. Sein Geschmack ist ein markhaltiger Blitzkrieg.

Irene stellt sich an die Wand.
Lauscht gespannt, atmet flach, wippt auf Zehenspitzen auf und ab, weiß um ihren hämmernden Herzschlag, das unstete Rauschen ihres Blutes, das laute Pochen ihrer Schläfen. Irene beobachtet konzentriert das Lebendige der Wand und stellt sich neben sich. Sie weiß um stille Moosflechten, die das Wandgrau ganz heimlich ersticken, weiß um Ameisenvölker und die Vorratslöcher ihrer Wand, weiß um Ritzenverkehr und Eiablage, weiß um unzählige Facetten-Augen-Blicke, weiß um die Wandfassade. Irene geht Blumen pflücken und kehrt erst spät zurück.

Ihr rechter Zeigefinger bohrt sich bedächtig in ein Wandloch, macht ihn zur Höhle, stößt auf blaue Plastikdübelreste, verletzt sich unerwartet. Ein Betonstaubrinnsal rieselt aus der Fingerhöhle auf ihre Füße. Irene lutscht an ihrem Finger, beißt sich auf die Lippen und fühlt sich leicht. Zwischen ihren Zehen knirscht es. Barfuß ist sie unbeabsichtigt auf einige Blumen getreten, die sie lose vor der Wand verteilt hat. Irene bückt sich andächtig, hebt eine von vielen auf, drückt ein einzelnes Gänseblümchen zunächst unsanft in das Wandloch. Das Loch ist zu groß, das Blümchen verschwindet geringfügig hängend. Irene erfasst die Wand als Gesamtes; ihre Augen glänzen in Fassade. Die Wand ist gestellt: Irene tastet nach Blumen, findet Vertrocknetes, nimmt, was sie kriegen kann, stopft der Wand das Maul. Die Wand integriert Vergangenes schleichend und heuchelt ein Stillleben.

Irene ist zufrieden und schweigt.

Nabi Pyon-Jī

Deung-Jan mitti eodupda.

Jo Kukhwa strich sich die glatten Ebenholzhaare zurück, bevor sie stirnrunzelnd begann, den Reis von gestern Abend mit dem Kimchi der Hal-muh-nee zu vermengen. Ihre Silberstäbchen klackten vertraut auf den Porzellanschüsselrand, das Geräusch war ein Zuhause.

Es war dunkel und so spät, wie es in ihrem kleinen wohnlichen Yang-ok kalt war. Ihr Fenster war von der fürsorglichen Nachbarin, die Feuchtigkeit fürchtete, von oben nach unten mit bunt beschrifteter Plane verhangen worden. Das war in Ordnung so. Zu viel Licht machte das Essen verderblich und verstörte die innere Schönheit eines Wasser-Mädchens. Kukhwa war ein Wasser-Mädchen. Helles Zartgelb und milchiges Weiß, Wasserblau, das waren ihre Farben, Licht überblendete ein Wasser-Mädchen-Selbst. Tageslicht fehlte ihr hier nicht und vielgeliebte Zimmerpflanzen wurden ohnehin von Pilzen befallen, gehörten nach draußen, wo sie atmen konnten. Kukhwa konzentrierte sich auf ihren Atem, wie um sich von außen selbst zu lauschen, sog den scharf-fischigen Geruch des Kimchis ein, ließ zu, dass sich das Wasser in ihrem Mund sammelte, fühlte warme Feuchtigkeit in der Gesamtheit des kleinen Wohnraums.

Sie hatte Wäsche zu waschen. Sie würde die Hal-muh-nee besuchen.

Die Küchenbeleuchtung begann ein unstetes Geflacker, schwarz gestorbene Miniflügelpunkte waren hinzugefügter Lebend-Teil der lose angebrachten Neonröhre. Die Röhre erzeugte künstliches Kalt-Licht, welches Kukhwas Hautfarbe einen bläulich-violetten Unterton verlieh.

Kukhwa erwachte durch ein Ziehen in den Schläfen. Schlagartig verließ sie den Beobachtungsposten ihrer eigenen Atmung, kehrte zurück zum Yang-ok, zur Küchenzeile, zur Neonbeleuchtung, zum Kimchi, zum gesäuerten Reis, zum Klacken ihrer versilberten Stäbchen.

Der Küchentisch hatte sich in ihre Gesichtshaut gedrückt, er bestand aus einem ausklappbaren Stück flachen Plastik. Kurzzeitig erfasste sie sich als den unfreiwilligen Abdruck einer Küchentischstruktur, auf welcher sie wohl die Nacht verbracht hatte. Kukhwa atmete aus. Draußen war es helllichter Tag, das konnte sie fühlen.

Die Hal-muh-nee war nicht ihre Hal-muh-nee. Sie war die Hal-muh-nee eines anderen Mädchens, mit dem sie Jo Kukhwa wohl verwechselte. Manchmal erzählte sie von ihrer Enkelin, die zum Studieren nach Europa gegangen war. Es waren immer dieselben Geschichten: Die Hal-muh-nee erzählte, Kukhwa hörte zu.

Die Hal-muh-nee schrieb Briefe, die Kukhwa für sie nach Europa senden sollte. Sie stapelten sich auf ihrem Küchentisch, vergilbten, wurden fleckig, nahmen Gerüche an und Geräusche auf. Kukhwa mochte die Hal-muh-nee, besonders dann, wenn diese in der prallen Nachmittagssonne unter einem bunten Papierblumenschirm zwischen ihren Pflanzenkübeln saß, Chili auf Stoffbahnen trocknete und Reisschnaps soff. Oft unterbrach sie ihr breites, Lippenstift übermaltes Lächeln, aus dem nur noch wenige Zähne hervorglänzten, mit lauten Rülpsern und leisem Gemurmel. Die Hal-muh-nee mochte Sonnenlicht, zog es dennoch vor, sich nicht das fröhliche Runzelgesicht zu verbrennen.

Kukhwa dachte oft an die Hal-muh-nee mit der fremden Enkelin. Sie dachte nicht daran, in Europa zu studieren. Ihr war das, was sie hatte, genug. Der Hal-muh-nee auch. Kukhwa fühlte sich reich, so reich, dass sie das Fremde nie verlocken konnte.

Verloren ging sie in das einzige separate Zimmer des Yang-ok, rollte eine Bambusmatte aus, nahm sich eine dünne Decke, legte sich hin, starrte auf erkalteten Tee auf unebenem Boden, versuchte, sich zu erinnern, von wann erkaltet, atmete gleichmäßig, schlief irgendwann ein. Kukhwa hatte eine Ersatz-Hal-muh-nee. Die Hal-muh-nee hatte eine Enkelin irgendwo in Europa.

Ein unregelmäßiger Flatterlaut stahl sich in Kukhwas Tagträume. Sie versuchte erst, ihn zu ignorieren, dann auszublenden. Der Laut verdichtete sich zu einer ungewohnten und daher sehr seltsamen Geräuschkonstante. Ausblenden funktionierte nicht. Im Nebenzimmer lauerte er wartend als ein fremdes Geräusch.

Kukhwa stand, das Fremde ignorierend, hektisch entschlossen auf, flog mit zwei großen Schritten aus dem Zimmer zu der kleinen Nische, in welcher fein säuberlich aufgereiht ihre wenigen Schuhe standen, ließ ihre Zehen solange die hölzernen Flipflops ertasten, bis sie den Steg sicher zwischen ihnen ruhend fühlen konnte. Jeder Schritt die Treppen hinunter klapperte laut und Kukhwa krampfte die Zehen an den Holzschuhen fest, um sie in der Aufregung nicht zu verlieren.

Die Hal-muh-nee saß auf dem sandigen Straßenboden vor dem Haus, das sie bewohnte, als hätte sie schon immer dort gesessen. „Hal-muh-nee Kim!“ Die Hal-muh-nee nickte dem Mädchen freundlich zu. „Jo Kukhwa“, rief sie ihr breit lächelnd entgegen. Die Hal-muh-nee saß auf einer ausgefächerten roten Decke. Geschützt von einem bunten Sonnenschirm, trug sie einen weiten, Blumen gemusterten Einteiler, der ihr bis zu den alten Knien reichte. Ihre Fingernägel waren in Himbeerpink lackiert, ihre faltigen Lippen auffällig rot umrandet. Meistens saß sie barfuß. Kukhwa atmete tief ein, bis sich der Atemstrom in ihrem Bauch als ein wohliges Gefühl ausbreitete. Atmete aus. Atmete ein: Sie roch säuerlichen Schweiß, abgestandenen Soju-Atem, Gewürze und Blumen, die sich ganz der Mittagssonne unter einem Papier bespannten Schirm ergaben. Alles hier roch vertraut, hatte Anteil an der wohligen Wärme in Kukhwas Bauch. Kukhwa stand der sitzenden Hal-muh-nee gegenüber und deutete mehr durch ein Kopfnicken eine fast unmerkliche Verbeugung an.

Die alte Frau lächelte weiterhin vielsagend und bedeutete Kukhwa mit einer Geste, neben ihr Platz zu nehmen. „Schön, dass du mich besuchen kommst, kleine Jo." Die Hal-muh-nee reichte ihr ein drei Finger breites Trinkgefäß: „Combae". Die beiden Frauen tranken Soju. Unter das warme Bauchgefühl der einen mischte sich brennende Schärfe, die, wenn Kukhwa es nicht besser wüsste, auch Schmerz hätte sein können.

Kukhwa nahm den Brief der Hal-muh-nee zögerlich entgegen. „Den schickst du an Haewon nach Europa!" – „Kim Haewon", nickte Jo Kukhwa. Wie immer war der Brief an nichts und niemanden adressiert, lediglich mit einem Namen versehen, und Kukhwa wusste schlechten Gewissens, dass auch dieser Brief auf einem Plastikküchentisch seine Reise beenden würde. *Wasser umfließt, Feuer verbrennt, Erde gebiert, Luft ist unfassbar*, hallte es in Kukhwa. „Ich sollte gehen", Kukhwa war schneller auf den Beinen, als sie sich das selbst zugetraut hätte. Ihre Zehen tasteten erneut nach den zuvor achtlos abgestreiften Holzschlappen. Erstaunt bemerkte sie die eigene angespannte Körperhaltung und die zur Faust geschlossene linke Hand erst, als die Hal-muh-nee diese sanft öffnete, um ihr einen Reiskuchen zu schenken.

Kukhwa verbarg ihre unterdrückten Tränen in einer tieferen Verbeugung und ging mit leisem Klappern, den Brief sicher in ihrer rechten Hand wissend. Zurück in ihrem Yang-ok, hatte sie das dort lauernde Geräusch wissentlich so verdrängt, dass sie dieses nur noch am Rande ihrer Wahrnehmung aufspüren konnte. Aber da war es noch immer. Ein Geräusch wie ein leises, unregelmäßiges Schaben über Papier. Es bewegte sich am Rande ihrer Einbildung, so überhörbar war es und doch bestand kein Zweifel daran, dass sich hier etwas unüberhörbar Fremdes bemerkbar machte. Kukhwa setzte sich an den einzigen Tisch des Yang-oks, legte den Brief der Hal-muh-nee auf die anderen, bildete einen Briefstapel, einen wackeligen Papierturm ohne Firmament, auf einem Plastikküchentisch, der allzu oft ihr junges Gesicht furchte. Da war es wieder. Es war lauter, weil es jetzt näher war, drängte sich vom Rande des Unbewussten, unsteter werdend in ihr Bewusstsein. Da lag ein anderer Brief.

Ob es ein Brief war, konnte sie nicht mit Sicherheit sagen; zumindest hielt sie einen unbeschrifteten, weißen Briefumschlag in der Hand, wissend, dass das Geräusch aus diesem Umschlag kam. Feine Bewegungen ereigneten sich in seinem Inneren. Gefangenes Geflatter berührte das Wasser in Kukhwa. Sie öffnete ihn, ließ das Fremde frei. Dann gab es nichts mehr zu hören. Gar nichts. Nur noch laute Stille. Kukhwa spürte ihren Herzschlag, fühlte ihren Atem reißen. Mit einem Ruck glitt ihr der sich nun aufplusternde Umschlag aus den Händen, tanzte durch das Zimmer, gebar tausende Flatterlaute, surrte, schabte, spie etwas aus. Erschrocken kroch Kukhwa mit fest aufeinandergepressten Lippen und geschlossenen Augen unter den kleinen Plastikküchentisch. Das Geräusch erstarb nicht und doch war es umso vieles leiser geworden. Beinahe hatte es nun etwas beruhigend Friedliches. Kukhwa wurde beobachtet und öffnete ihre Augen. Der aufgerissene Briefumschlag lag nicht weit von ihr, gerade so weit, dass sie feststellen konnte, dass er leer war.

Das Geräusch war nun flächendeckend, bewohnte den gesamten Yang-ok, richtete sich im Vertrauten ein. Kukhwa spähte unter dem Plastik hervor, konnte im Zwielicht aber nichts anderes erkennen als einen einzelnen Schmetterling, der anmutig zu ihren Füßen segelte. Kukhwa entschied, dass sie übermüdet war und kam kopfschüttelnd unter dem Tisch hervor. Ihr Zeitgefühl hatte sie seit langem eingebüßt, heftete es an den beinahe täglichen Anblick der Hal-muh-nee und den Stand der Sonne über dem Papierschirm. Hier drin gab es keine Zeit.

Kukhwa sah sich mit fremdelndem Blick im Vertrauten um. Das feine Geräusch war nicht gewichen, nur hatte sich ihr Gehör offenbar bereits daran gewöhnt: Fremdes war Vertrautes. Sie griff hinter sich an den Schalter für die Neonröhre. Ihr Blickfeld weitete sich. Überall saßen, flogen und tanzten Schmetterlinge. Kukhwa fühlte feine Luftzüge an ihrem Gesicht vorübergleiten. Vielleicht war sie eingeschlafen, und der Plastikküchentisch begann, sich just in diesem Augenblick ihr Gesicht einzuverleiben. Sie entschied sich, die Schmetterlinge Schmetterlinge sein zu lassen und kalt duschen zu gehen. Das Badezimmer wurde von einer einzelnen Glühbirne beleuchtet, hatte kein Fenster, war von oben bis unten ein grau gefliester Quader mit einem Duschschlauch, einem Abfluss und einer Waschmaschine. An der linken Grau-Quader-Wand hing ein rechteckiger Spiegel, der Kukhwas Gesicht rahmte, wenn sie nicht aufpasste. Darin stierte sie sich versunken entgegen und spülte sich mechanisch unzählige Schmetterlingsleiber aus den Haaren. Sie flossen in einem eigens für sie erdachten Strom über ihren nackten Körper direkt in die Abflussmitte. *Wassermädchen.*

Kukhwa verließ den Spiegel abrupt. Nackt, und ohne sich abzutrocknen, ging sie aus dem Quader, ließ zu, dass sich weitere Schmetterlinge auf sie setzten, sie schließlich ganz bedeckten, um die Restfeuchte von ihr zu trinken. Wie ruhig Kukhwa war, bemerkte sie an ihrer eigenen, gleichmäßigen Atmung. Eigentlich war es wunderschön.

Kukhwa kam mit einem weiteren Brief an die Enkelin von der Hal-muh-nee. Eisern hoffend, dass sich während ihrer kurzen Abwesenheit im Yang-ok nichts verändert hatte, legte sie ihn zu den vielen anderen auf den Plastikküchentisch. Es fiel ihr schwer, das Haus zu verlassen, Leuten zu begegnen, besonders der Hal-muh-nee. Als müssten alle wissen, dass sie ein Geheimnis hütete. Oft trug sie unbemerkt einen Schmetterling in ihren Haaren hinaus in die Welt, um ihn dann, zurück im Yang-ok, schmerzlich zu vermissen. Sie waren noch da. Bevölkerten ihr kleines Reich mit sachte flüsterndem Geflatter. Mit verträumtem Getanze schmiegten sie sich noch immer tröstlich an Kukhwa, auch wenn es deutlich weniger geworden waren. Sie schwanden und Kukhwa beschlich die Angst, dass alles wie früher wurde, dass ihr etwas nun so Vertrautes unwiederbringlich fehlen müsste.

Kukhwa aß gemeinsam mit der Hal-muh-nee unter dem Sonnenschirm sitzend, wendete verlegen und unaufmerksam die Chilischoten, die neben ihr in der Sonne trockneten. Nie fragte die Hal-muh-nee nach dem Verbleib der Briefe noch schien sie ein Antwortschreiben von Seiten ihrer Enkelin zu erwarten. Manchmal fragte sich Kukhwa, ob die Enkelin der Hal-muh-nee ein Hirngespinst war, ob die Musterblumen ihres immer gleichen Kleides in ihren Kopf gekrochen waren, ob die Hal-muh-nee verrückt war. Die Hal-muh-nee lachte plötzlich laut auf und schüttelte sich vor Freude. Während sie sich schüttelte, flogen Falter hinter ihren schwarz gefärbten Locken auf, lugten hinter ihren großen Ohren hervor. Ob sie es bemerkt hatte? Kukhwa durchfuhr ein Anflug von Angstschmerz, nur wenige Falter waren noch übrig und meistens folgten sie Kukhwa. Sobald sie das Yang-ok verließ, wurde auch sie verlassen.

Kukhwa öffnete argwöhnisch die Tür, spähte zuerst in ihre Schuhnische, ohne einen Falter zu erblicken, ohne das vertraute Geräusch zu vernehmen. Panik breitete sich kreiselnd in ihr aus. Sie zwang sich, ihren eigenen Atem zu verlangsamen und setzte sich, den Brief der Hal-muh-nee ablegend, wie gewohnt an den Küchentisch, atmete erleichtert auf, als sie auf demselben erneut ein weißes, unbeschriftetes Kuvert vorfand.

Die Hal-muh-nee schenkte Tee ein, während sie in dieselbe Sonne blinzelte, die auf ihrem Goldzahn glänzte. Sie wirkte mit sich und der Welt zufrieden und breitete vor Kukhwa eine Auswahl erlesener Süßigkeiten aus. Kukhwa saß auf ihren Fersen und verstand die Feierlichkeiten nicht. „Was ist los mit dir, Hal-muh-nee?“, stieß sie unwirsch hervor. Die Hal-muh-nee ließ sich in ihrer Gelassenheit nicht beirren und blickte versonnen in Kukhwas rotes Gesicht: „Du hast dich verändert, kleine Jo. Wenn ich es nicht besser wüsste, würde ich meinen, du hast einen Schatz“, griente sie. Kukhwa wurde nervös, fühlte sich ertappt und konnte es in der Tat kaum erwarten, zurück in ihr Yang-ok zu kommen, aber sie mochte die Hal-muh-nee zu sehr, um sich ihre Ungeduld anmerken zu lassen. „Hal-muh-nee, hattest du schon einmal Angst, ganz alleine auf der Welt zu sein?" – „Ich bin immer allein gewesen und doch niemals. Allein-Sein ist deine ganz persönliche Entscheidung." Die Hal-muh-nee kratzte sich hörbar am stoppeligen Bein und mehr bekam Kukhwa von ihr zu diesem Thema nicht gesagt. Also verabschiedete sie sich höflich, nahm einen weiteren Brief entgegen und ging zurück in die Unbewohnbarkeit ihres Falterlebens, während ihr die Hal-muh-nee wohlwollend nachblickte. Kukhwa genoss die sachten Berührungen im Stillen auf ihrer nackten Haut, die über und über von Schmetterlingen besetzt war. Wie ein Mantel aus abertausend Flügelpaaren umhüllten sie ihre filigranen Mitbewohner schützend. Kukhwa war glücklich, fühlte sich geborgen und streckte erwartungsvoll einen Finger aus, um den im Schwirrflug landenden Falter genauer zu betrachten: Winzige Härchen, feiner als gesponnene Seide, umschlossen seine Fühler. Im Halbdunkel des Yang-oks wirkten seine Flügel wie großgeschminkte Frauenaugen, die bedrohlich auf Kukhwa zurückschauten. Sie fühlte sich plötzlich nicht mehr nur entkleidet, sondern nackt. Das war nicht der nachsichtige Blick der Hal-muh-nee. Kukhwa hielt den Atem an, solange sie konnte.

Luft ist unfassbar.

Sie beobachtete ängstlich das Schwinden der Schmetterlinge. Während ihr ihre Finger in Gedanken durch die Haare fuhren, hoffte sie insgeheim auf einen neuen Schmetterlingsbrief, *Nabi Pyon-Jī* hatte sie das Wunder genannt.

Am nächsten Morgen wollte die Hal-muh-nee nicht von den Früchten essen, die Kukhwa ihr so teuer eingekauft hatte. Verzückt lächelnd, versank die Alte in der Sonne. An Kukhwa vorbeisehend, sang sie leise eine alte Koreanische Weise über Blumennamen und fliegendes Glück. Diesmal hatte die Hal-muh-nee keinen Brief an die Enkelin geschrieben. Kukhwa ließ ihr den Korb mit den Früchten stehen und strich der Hal-muh-nee zum Abschied über die knittrige Hand. Sie konnte es kaum erwarten, nach Hause zu kommen. Bevor sie ganz ging, drehte sie sich auf halbem Weg noch einmal um. Die Hal-muh-nee lächelte ihr von Weitem zu, öffnete dann den Mund und ließ einen einzelnen Falter in den Himmel entweichen. Kukhwa schloss verwirrt die Augen. Als sie sie wieder öffnete, lächelte die Hal-muh-nee wie eh und je.

Zurück im Yang-ok, konnte das Mädchen einen Angstschrei nicht unterdrücken. Nicht ein einziger Falter war ihr geblieben, das vertraute Schaben und Geflatter gänzlich verschwunden. Kukhwa suchte ihren Körper verzweifelt ab, nirgendwo auch nur ein versteckter. Panisch fuhr sie sich mit den Fingern immer wieder durch die Haare, um sich eventuell einen letzten Schmetterling auszukämmen. Nichts. Im Stehen glitt Kukhwa, angespannt lauschend, mit ihrer Konzentration zurück in ihren Atem. Nichts. Sie ließ sich benommen auf den einzigen Stuhl, der zu ihrem Plastikküchentisch gehörte, fallen und atmete ruckartig ein, unfähig zu fühlen oder zu denken. Aus dem Augenwinkel erfasste sie den Brief und griff sofort danach.

Weder hatte sie je auch nur einen Gedanken daran verschwendet, wie die Schmetterlingsbriefe auf ihren Küchentisch gelangt waren, noch wollte sie das Wunder zu sehr hinterfragen, aus Angst, es ganz verstehen zu müssen. Nun hielt sie den vierten Brief in der Hand und zögerte, ihn zu öffnen. Etwas war anders, etwas war fremd.

Zaghaft öffnete sie das weiße Kuvert. Nichts. Es war leer. Kukhwa stockte der Atem, sie verstand es nicht, starrte auf den Umschlag, legte ihn weg, hörte endlich etwas: Ein leises Surren ertönte vorsichtig aus dem aufgebrochenen Briefumschlag. Kukhwa nahm ihn erneut in die Hand, schüttelte ihn aus und ein einziger Schmetterling fiel auf den Küchentisch. Er bewegte sich seltsam, ein Flügel hatte die darauf gepuderten Augen bereits verloren. Kukhwa wusste nicht, ob dieser würde fliegen können. Voller Bedauern beobachtete sie den verletzten Schmetterling, reichte ihm den Finger und setzte ihn, auf einen neuen Brief hoffend, behutsam in ihre Ebenholzhaare.

Kukhwa erwachte und trug ein Traumgefühl in den Tag, das sich ihr unaufhörlich entzog und in ihr nur am Rande existierte. Sich von der Bambusmatte benommen erhebend, wankte sie zum einzigen Fenster des Yang-oks. Es war nach wie vor mit Plane verhangen und ließ das Yang-ok wie gewohnt Düsternis atmen. Kukhwa öffnete das Fenster, der Griff hakte, das Holz hatte sich bereits verzogen. Sie strich mit der rechten Hand über die feuchte Plane, die das Sonnenlicht, welches für sie nur als ein Begleiter der Hal-muh-nee existierte, von ihr fernhielt. Kukhwa zerrte mit aller Kraft die breite Plane herunter und sah zu, wie diese nach unten segelte. Eine feine Berührung ließ sie kurz aufschrecken, als sich der letzte Schmetterling von ihrer Stirn in das morgendliche Sonnenlicht erhob. Sehnsucht war das Gefühl gewesen, aus dem ihr Traum geronnen war. Kukhwa dachte an das freie Lachen der Hal-muh-nee Kim, an die wenigen Worte, die sie in all der Zeit miteinander gewechselt hatten und wünschte sich ganz nah zu ihr. Vielleicht hatten sie dieselbe ganz persönliche Entscheidung getroffen.

Kukhwa war wieder bei sich, als sie auf dem Weg nach unten das laute Klackern der eigenen Holzflipflops auf den Treppen wie aus weiter Ferne bemerkte. Sie war auf dem Weg zur Hal-muh-nee. Unten angekommen, war von der Hal-muh-nee Kim keine Spur. Auch der bunte Sonnenschirm und die Decke, auf der sie immer zusammen gesessen hatten, waren verschwunden. Kein Chili trocknete in der Mittagssonne. Nur das Blühen der Blumenkübel ringsherum verriet, dass sich einmal jemand um sie gekümmert haben musste. Kukhwa fuhr aus ihren Holzlatschen und ließ sie zwischen den Kübeln liegen. Barfuß rannte sie den Weg zurück und die Treppen hinauf zu ihrem planenlosen Yang-ok, fühlte sich wie eine Zurückgekehrte, setzte sich an den Plastikküchentisch, auf dem noch immer all die Briefe der Hal-muh-nee lagen. Die Sonne ging bereits unter, als Jo Kukhwa den ersten Brief an Kim Haewon zu lesen begann:

Haewon war ein *Wasser-Mädchen.*

Die Früchte seiner Frau

Als ich ein Knabe war, da lebte ich in einem Dorf, in dem die Apfelbäume keine Früchte mehr trugen. Irgendwann war auch der letzte ertraglose Apfelbaum gefällt worden. Äpfel kannten wir nur aus Geschichten und vergessenen Kuchenrezepten verstorbener Großmütter, die nicht beschreiben konnten, wie Äpfel schmeckten. Unsere Äpfel waren erzählte Früchte.

Nur ein einziger Baum, der durfte nicht gefällt werden. Der gehörte dem Alten:

Einem schweigsamen Mann im Dorf war die junge Frau nach langem Siechen qualvoll gestorben. Er begrub sie nach alter Sitte vor dem gemeinsamen Haus, nachdem er drei Nächte lang Totenwache gehalten hatte. Es bedurfte keiner Zeremonie, die die freudvollen Tage der Vergangenheit hätte verdrängen können. Er begrub sie allein zum ersten Vollmond des neuen Jahres. Ebenso lang lag die gefällte Leiche des letzten fruchtlosen Apfelbaumes in geheimer Drohung vor dem dunkel gewordenen Haus des Mannes.

Im Licht des Klagemondes riss dieser in einsamer Wut die letzten grünen Zweige des tot geglaubten Baumes aus dessen geschundener Krone und stieß sie in den Erdhügel, der die Überreste seiner Frau verbarg, ohne je ein Grab zu sein. Sein furchiges Gesicht war von Vollmondlicht unwirklich erhellt, seine Hände waren tief in Erde eingegraben, als er in der Dunkelheit kniend in sich zusammensackte. So fand man ihn auch am nächsten Morgen, jäh gealtert, vor einem trotzig stehenden Zweiglein kauernd, den Blick in einer anderen Welt.

Der Alte hatte seinen Baum gepflanzt.

Der Anblick des Alten grub sich uns ein, denn er kehrte von nun an jeden Morgen wieder. Immer sah man ihn vor seinem Zweiglein kauernd. Die Leute im Dorf zeigten sich besorgt, stellten ihre Bemühungen um den seltsam gewordenen Mann jedoch achselzuckend ein, noch bevor ein Trauerjahr verstrichen war.

Vor langer Zeit, als meine Großmutter ein junges Mädchen war, erzählte man ihr vor dem hoffnungsvollen Hintergrund der Apfelblütenknospen, dass die Holzapfelblüte des Dorfes den Frühling einläuten würde, aber niemals wieder sah sie eine Blüte.

So erschien uns der Dorffrühling lokal betäubt, nicht länger ortsansässig. Doch noch immer stand der Apfelbaumzweig des Alten: umgeben von Schwarz, grünte er einem unerwarteten fernen Frühling entgegen.

Die Frauen meinten, man solle den toten Stock nur aus der Erde ziehen und der Alte würde sich in seiner Trauer schon wieder beruhigen. Als Junge stand ich wie angewurzelt auf dem Grab, das kein Kreuz trug, und sah das zweifelhafte Zweiglein treiben in einer Zeit, in der es noch nach Winterkälte roch. Auch in den folgenden Jahren widerstand der Apfelbaumzweig dem Kältetod und es war, als würde der Trauernde jeden Morgen im Stillen allein zu ihm beten. Zusammengenommen betete ein ganzes Dorf. Jeder für sich wollten wir den Geschichten unserer Kindheit widersprechen.

Der Zweig dankte es und gedieh fast stolz inmitten eines Dorfes, in dem man seinesgleichen ausgerottet hatte. Je älter ich wurde, desto bekannter wurde das einsame Zweiglein, das nun ein Bäumchen war.

Wie die Jahre vergingen, bemerkte ich vor allem daran, wie das Bäumchen zum viel bestaunten letzten Apfelbaum des Dorfes gedieh. Noch immer sah man den Schatten des Alten morgens vor dem Baum auf schwarzer Erde stehen, die liebevoll den Tod zudeckte.

Mit jedem Jahreswechsel hoffte das Dorf insgeheim auf eine erste Blüte seines einzigen Apfelbaumes. Die Frauen wussten es besser: Der Baum hätte bereits im vorangegangenen Jahr blühen müssen. Auch ich bemerkte den Alten, wie er die wenigen Zweige mit Knospenansatz vorsichtig herunterschnitt und eilig mit ihnen im Haus verschwand. Eine Apfelblüte bekamen wir nicht zu Gesicht.

Er war allein mit sich und einem Einweckglas voller knospender Zweige. Der Blick des Alten glitt behutsam, die Scheu eines ortsfremden Kindes in den tränenden Augen, über die Haut eines Apfelbaumzweiges, der sich bereits sachte nach unten hin verholzte. Die Sonne war untergegangen, orangerotes Restlicht hatte sich der Einsamkeit des Hauses schleichend bemächtigt. Der Kopf des Alten war schwer vor Erinnerung. Die Zweige rochen nach besiegtem Winter. Doch, so dachte er, kein Winter im Dorf war weiß, kein Frühling grün, kein Apfelbaum durfte blühen. Sein geräuschvolles Seufzen versank in einer gerade noch weißen Apfelknospe, deren oberflächliches Rosa einen köstlichen Inhalt erahnen ließ. Er dachte nach, aber kein Gedanke wollte verweilen. Stattdessen ungefragt und ungeladen – Bilder und entfernte Gerüche. Erinnerte Sinnlichkeit streifte memorierte Fruchtkörper und wohlig warme Sonne auf zu früh gealterter Männerhaut. Er wehrte sich gegen die Bilderflut und sank unter Zwang zurück in die ungeöffnete Blüte.

Oft beobachtete ich, wie die Dorfkinder in der Nähe des Baumes spielten. Auch ihre Großmütter hatten ihnen die Geschichten erzählt, so dass ihnen ein lebendiger Apfelbaum wie eine Gestalt aus Sagen und Märchen vorkam, als er still vor sich hinwachsend in ihrer Wirklichkeit wurzelte.

Wieder erschien der Alte mit der Astschere und bereitete den treibenden Kinderphantasien ein jähes Ende. Ohne auch nur einmal aufzuschauen, umging er die Trauermienen der erwartungsvollen Kinder und brachte einen dicken Bund knospender Zweige in sein Haus. Kahl und verletzt wirkte der Baum, denn auch diese Apfelblüte wurde nicht geteilt.

Der auf den Holzdielen jäh zurückgeschobene Stuhl gab einen knarzenden Laut von sich, als sich der Alte erst bei Sonnenuntergang vom Tisch erhob, um nach dem einfachen Wasserglas zu sehen, in welches er die Zweige Stunden zuvor gestellt hatte:

Fünf schneeweiße Blütenblätter heuchelten Jungfräulichkeit und erschienen triumphierend kichernd unter dem trüb gewordenen Blick des alten Mannes. Zartes Blattgrün umfing einen Blütenstand von drei Knospen, von denen eine bereits eine Blüte sein wollte. Er wusste, dass im Inneren eines jeden Apfels ein Stern saß. Der Kosmos der Frucht war bereits im Blühvorgang angelegt. Das ängstigte ihn, bedachte man, wie im weit entfernten Dunkel Sterne einsam leuchteten. Versunken starrte er aus dem Fenster in die sternlose Nacht eines sonderbar gewordenen Dorfes.

Die Tage zogen an ihm vorüber, während all seine Sinne in den kostbaren Besitz des Apfelblütenstraußes eingebunden waren. Dieser war zum lebendigen Zentrum des karg möblierten Hauses geworden, welches keinen Besuch kannte oder auch nur dulden wollte. Das Sonnenlicht schien spärlich durch die ungeputzten Fenster und bildete langgezogene Kegel, in deren Mitte glitzernd der Staub tanzte. Verwegen mühte sich die Apfelzweigblüte in den inzwischen jährlich eintretenden frühen Tod. Mit jeder gefallenen Blüte rückte die Angst eines großen Welkens näher an den Alten heran. Derart vertraut, streifte sie seinen Nacken, legte kameradschaftlich den verräterischen Arm um seine Schultern, küsste eisig seine sture Stirn, kam so nah, dass er fühlen konnte, dass der Frühling niemals mehr zu ihm durchdringen würde. Die Apfelblüten gehörten ihm allein.

Als ich in einem unbestimmten Winter nach langem Reisen als

gestandener Mann in mein Heimatdorf zurückkehrte, war der Alte nicht mehr. Man hatte ihn vor Jahren unter dem letzten Apfelbaum des Dorfes neben seiner Frau beerdigt, wonach dieser sein Blühen ganz ausgesetzt hatte. Mir war, als müssten die Apfelblüten Geschichten und Legende bleiben und doch trugen mich meine Beine wie von selbst an die Wohnstätte des Alten, die nun ein Baum war und kein Grab.

Im grauen Baumschatten stand ich allein, als sich mein überraschter Gesichtssinn in den Himmel erhob und sich mein Blick in ein vorsichtig knospendes Zweiglein verliebte.

Jenseits BlassBlau

Gewidmet dem Amerikaner

„We loved each other in lily fields, before we understood the meaning of a single one."

Eine junge Frau steht hoffend am Rande einer sich entfernenden Metropole. Lähmende Hitze flimmert spät durch den Tag, verzeichnet Konturen fallender Blätter, nimmt ihren gezackten Rändern die Boshaftigkeit im Flug. Der Baum spendet nur Schatten, keinen Trost, er ist schon zu lange beständiges Wahrzeichen eines täglichen Wartens:

Um dir nah zu sein, lebe ich in falscher Sprache, spreche, denke und singe meine Muttersprache nicht, die in mir gewachsen ist über viele Jahre. Ich habe mein Wachsen beschnitten, ihm das Grünen verwehrt, das Blühen streng untersagt, um mich im pulsierenden Rußgrau deiner Heimatstadt mit dir sicher zu fühlen.

Die Stadt, in der wir gelebt hätten, liegt nun jenseitig, in einem Schlaf ohne Erwachen, will nicht vergehen, kann nicht gerichtet werden. Sie ist ein Ort des Verblassens. Obwohl ihre scharfkantige Silhouette im Hintersinn meines Sehens mahnend lebendig thront, kann ich sie noch immer nicht benennen, nicht verfluchen, ihr vielleicht eine andere Farbe geben. So wie Erinnerung sich im Schmerz verselbständigt, das Da- und Dort-Sein kopiert oder halbiert. Diese Stadt sind und waren wir:

Sie schirmt ihr Gesicht mit der nach innen gerichteten Handfläche schützend ab, lässt für einen einsamen Moment die Augenlider niedersinken. Als sie aufblickt, ist er auf dem Weg, sie kann ihn von weit her kommen sehen. Die Entfernung schenkt ihr in unangebrachter Güte genug und zu viel Zeit, seine Bewegungen zu studieren. Sie beginnt, nach vertrauter Eigenartigkeit zu suchen, nach Humor in seinen stets zu großen Schritten. Sie lächelt nachsichtig. Er hinkt.

Die Stadt belauert und bewacht ihre Insassen. Sirenen sind ihr pfeifendes Ausatmen. Sie stiert durch Abermillionen quadratisch blinde Pupillen ohne Sinn und Verstand, vervielfältigt Verirrte, macht Irren unmenschlich. Dort bewohnt man exakte Grau-Geometrie, wird fleischiger Baustein. Falsch gesetzt, entschläft man zwischen Kanten, so lange, bis das Mensch-Sein vergeht und das Fleisch-Werden kommt.

Sie war eine Entkommene, er ein noch immer Entfliehender. Erinnertes schmeckt metallisch kalt, nach erstem Rost und frischem Raureif. Es versperrt die Sicht nach innen und außen, gefriert das warme Jetzt:

Sie wartet unter geschwärzten Ästen, die Arme verschränkt, überschattet, die Stadt lauert am Bildabgrund dieser ihrer Szene. Ihr Warten verursacht unruhige Knirschgeräusche im Schrittebetäubenden-Schwarzpappellaub. Ihre Hände verkrampfen sich an ihren Armbeugen, werden abwechselnd taub und kribbelig. Sie presst die Lippen aufeinander, schmeckt das Metall nicht mehr, fühlt sich stattdessen staubtrocken in ihrem Angespannt-Sein. Als sie innerlich zu zerspringen droht, kann sie ihn endlich kommen sehen: Als letzter belebter Schatten taucht er mit Verspätung in ihrem Sichtkreis wie ein unerwartet tiefer Schnitt in die linke Körperseite auf. Sein Lächeln ist sorglos, jung und frei.

„Deine Lippe blutet“, stellt der Angekommene fest, „fierst du nicht?“, fragt er ihr dünnes Sommerkleid weiter, „unser Sommer ist vorbei“, bemerkt er in die schwarzen Äste hinein, „du siehst einsam aus, allein unter diesem kahlen Baum“, bekennt er.

„Er ist nicht kahl, sondern so leer, wie ich nicht allein bin“, entgegnet sie kühl. Kurz überlegt sie, ein Gedanke hat ihr Gesicht gestriffen, springt unverhofft auf seines über, tötet das Lächeln eilig, sie spricht ihn nicht aus. Unter und über dem Paar am Stadtrand tanzt Spätherbst im kalt gewordenen Scheidewind.

„Keine Fragen mehr!“, hat er ihr verboten. Er will sie nicht länger leiden sehen, hat er beschlossen. Sie berührt ihn erst sachte, packt ihn dann plötzlich fest, wie um seine riesenhafte Geisterscheinung in ihre Wirklichkeit zu zerren.

„Du bist fast zu spät“, bemerkt sie nun zärtlich.

„Ich bin verwundet“, sagt er verlegen auf seinen bandagierten Arm deutend.

„Das bist du für immer“, haucht sie hinunter auf ihre starr gewordenen Laubfüße.

„Ich kann nicht lange bleiben“, gesteht er zerknirscht. „Ich habe alles getan, mich davon zu stehlen, dich zu sehen.“

„Und jetzt? Siehst du mich?!“

Sie nimmt sein Gesicht in ihre tauben Hände. Er hält der Tiefe hinter ihren jungen Augen nicht stand, verschließt seinen Blick, lässt sein überfreies Jungenlächeln unter tot-müden Augen zusammenbrechen, versteinert die Gesichtszüge, macht sich soldatenhart.

„Ich habe von dir geträumt, bevor ich dir begegnet bin“, sagt sie vor allem zu sich und ihren Füßen. „Wir haben uns in dieser Stadt unter Millionen Menschen gefunden. Du bist mir mit dem Taxi gefolgt, hast mich nicht gehen lassen, hast den Taxifahrer so lange neben mir her fahren lassen, bis ich dich endlich durch das Autofenster angesehen habe. Bis ich dir zugehört habe. Bis ich geschrien habe: ‚Steig aus dem verdammten Wagen aus.‘ Erinnere dich!“, fleht sie in das Zinnsoldatenstandbild.

Er verweigert sich ihr weiterhin, wird ein verschlossenes, dunkles Turmzimmer in einem Märchen aus einem fremden Land zu einer unbestimmten Zeit. Sie schüttelt den Kopf. Er geht. Sie blickt ihm nach, solange sie kann. Er dreht sich nicht um, wird Protagonist eines übertriebenen Aquarells aus verwehtem Staub und untergehender Sonnenglut. Sie sieht ihn schrumpfen, direkt proportional zur Stadt, die ihm näher rückt als ihr.

Die junge Frau dreht sich hilfesuchend zum Baumstamm um, schmiegt sich weich an harte befreundete Rinde: „Jeden Tag warte ich hier zur selben Stunde auf dich, auf jenen letzten Tag, an dem ich vergeblich warten werde. Die Zeit vergeht am Baum, rinnt durch meine Finger, nichts kann dich festhalten, an mir, hier, am Rande dieser sterbenden Stadt."

Sie trägt wieder das zu dünne Kleidchen, fühlte sich mädchenhaft schön darin, während es nun in Windeseile um ihre Beine flattert. Es lässt den spät gewordenen Herbst vergessen, erinnert trotzig an den einen Sommer, in dem er sie zum ersten Mal tanzend sah; sie entkam ihm in Eile, heiser vor Lachen, lange bevor er sie wiederfinden konnte, unter Millionen Feiernden, in einer vergangenen Großstadt.

Die strenge Schwarzpappel schweigt dazu und teilt wissendes Warten durch zwei. Das blaue Sommerblütenkleid lehnt sich zurück, nicht an, fühlt den Widerstand, wünscht sich Heimat. Die Sonne blendet noch. Sie schirmt ihre Augen ab. Mit der Sonne vergeht alle Zeit und keine mehr. Erleichtert kann sie ihn kommen sehen. Für heute ist das Warten beendet.

Er taumelt, bewegt sich unbeholfen, geht im verwirrenden Zickzack eines gehetzten Tieres. Sie überlegt, den Baum zu verlassen, ihm entgegenzurennen. Etwas hält sie zurück. Er wird schneller, als könne er ihre Nähe unter der Baumkrone aus der Ferne spüren. Etwas ist anders. Sie betritt sein Gesicht vorsichtig, nimmt es stufenweise: Er lächelt nicht. Als ihr prüfender Blick bei seinen Augen angekommen ist, verweilt er in erstarrtem Blau. Er trägt eine blutige Augenbinde. Seine große Hand trifft zuerst den Baumstamm, nicht sie.

„Was ist passiert?", fragt sie entsetzt auf den Stofffetzen starrend, der nicht in sein Gesicht gehört.

Jetzt lächelt er wieder: Es ist sein freies Jungenlächeln. Nur sie bemerkt ernüchtert den zynischen Zug unter dem rechten Mundwinkel, der ihm die Freiheit langsam nehmen wird.

„Mach dir keine Sorgen", antwortet er in die falsche Richtung.

„Ich habe für uns heute etwas Besonderes geplant“.

Sie hat die Pointe verpasst, versteht den Sinn seiner Worte, seines ganzen Auftritts nicht. „Ich vertraue dir“, sagt er zu dem Baum und meint vielleicht sie.

Ihre Zweifel können ihn nicht länger verletzen, sie leben von nun an verborgen, sind für ihn nicht länger Bestandteil seiner endgültig blinden Welt. Sie nimmt seine beiden Hände, sie sind warm, ihre vom Warten kalt.

„Zeig mir die Stadt!“, fordert er zu laut in ihr schmerzbetäubtes Gesicht.

Sie versucht, im Kopf die Antwort ihrer eigenen Stimme auszuhalten, um dann krampfhaft leicht zu klingen: „Du willst, dass ich mit dir gehe.“

Die süße Frauenstimme verschleiert das Todesurteil, lässt sie für Blinde verliebt wirken. Sie lässt seine Hände los.

„Ich will, dass du mich führst, dass du mir dort alles beschreibst, was du siehst“, fordert er nun beinahe freudig erregt.

„Also gut“, resigniert sie, das Blau ihres Restsommerkleides in den Augen.

Er greift ungelenk nach ihrer Hand, noch immer lächelnd. Sie fragt nicht, ob er Schmerzen hat. Ihre Gedanken fliehen zur Schwarzpappel, verkriechen sich dort, beobachten das Liebespaar aus der Perspektive eines trauernden Baumes.

Die Häuser aus der Straße, in der du wohl gelebt haben musst, tanzen in Reihen, sie wachsen, werden ungleichmäßig verlassen, manche stürzen in sich. Niemand hat sie je erzogen. Unaufhörlich schießen neue, madige Pilze aus modrigem Düsterwaldboden, singend, lärmend, brüllend, kreischend, wetternd schließen sie ihren Hausreihenreigen. Die Stadt wird unförmig, verändert Gassen, Winkel, Straßen, Menschen – über mich verirrten Passanten lachend, wird sie dunkler und von außen unzugängig. Ich höre Wolkenkratzer atmen und alte Frauen in den Ecken schweigen, sie huschen in Alt-Frauen-Geschwindigkeit durch das Götzendämmern dieser Stadt, die mich nicht kennen will.

„Was siehst du?“, fragt er in die Dunkelheit. Sie schließt die Augen, entkommt für einen Augenblick der Vergangenheit, um eine unmögliche Zukunft zu erträumen. Sie friert.

„Ich sehe Sterne über uns. Ich rieche Pinienwälder, der Wind trägt ihren Duft. Sie grenzen an diese Stadt, die du zu kennen glaubst.“

Sie öffnet die Augen und sieht ihn direkt an, Nachtschwärze schluckt seine Umrisse nun ganz, nimmt ihm die ihm vertraute Grenze, um ihm eine andere zu zeigen. Er schweigt. Sie kann sein Gesicht nicht deuten.

„Was noch?“, entweicht es ihm gedehnt.

Sie zögert die Antwort hinaus, schaut in die Nacht, in die Sterne, erweckt die Sternenbilder ihrer Kindheit zum Leben, erinnert sich an ihre erste Liebesnacht. Ruht an seiner Brust in weißen Lilienfeldern am Fluss, der die Milchstraße ist. Die Sterne sind Lilienblüten, die Lilienblüten sind Sterne.

„Ich sehe Blumen“, flüstert sie leise, ohne den Kopf zu senken.

„Du lügst. Im Krieg gibt es keine Blumen, nur Sehnsucht.“

Sie vernimmt Schritte, fürchtet sich nicht länger, ist sicher in ihrem einen Sommer im Lilienfeld unten an der Milchstraße. Ihr Nacken schmerzt, als sie die Lilienfelder widerwillig verlässt, um zu bemerken, dass auch sie verlassen ist.

Ich warte jeden Tag auf dich. Zur selben Zeit stehe ich unter demselben Baum, blicke auf dieselbe jenseitige Stadt, in der du gelebt haben wirst. Ich habe dich immer zu spät gesehen und unter Angst, du kamst von weit her. Unter der Bedrohung zu verschwinden, dich niemals mehr sehen zu dürfen, habe ich gelebt und geliebt. *Du bist ein schneiender Mensch.* Warst mit mir groß und schön. Nun bist du teilweise, und ohne mich. Deine vielfarbigen Blicke bleiben blind, sehen durch mich durch, waren niemals ganzer Teil der Schnittmenge uns. Dein blindes Sehen hat in mich eingeschnitten, hat mich verwundet, mich kriegsverletzt, ganz still lässt es mich abwartend unsichtbar werden, von dir unbemerkt verblasse ich aus dieser *unseren* Welt.

„*They kissed each other in lily fields to forget the meaning of a single one.*"

Vom lustvollen Seufzer des Sudankäfers

Die Form ihrer Augen verlieh der Frau im Spiegel einen asiatischen Touch. In ihrem Anblick lebte eine Exotik, die sie, sobald es dämmerte, auf sich selbst übertrug. Die Pupillen des gespiegelten Augenpaares hoben sich kaum merklich von ihrem dunkelgrauen Untergrund ab. Es war für den Betrachter schwer auszumachen, wann sie sich zu schmalen Schlitzen verengten und wann sie sich im Rausch vergrößerten. Martha war wie immer im Vorteil; ihre Augen verrieten sie nicht. Konzentriert umrandete sie ihr Sehen, das unter metallisch grünen Schattierungen lauerte. Dafür benutze sie eine selbst hergestellte Paste aus Kohlenstaub und Bienenwachs, mit der sie sich manchmal, zu besonderen Anlässen, ein drittes Auge auf die Stirn zeichnete. Eine Kostümparty, auf der sie sich als das Orakel von Delphi in Szene setzte, hatte sie Jahre zuvor zu dieser Idee verleitet. Besondere Anlässe standen ihr vor allem dann bevor, wenn sie fremde Männer zu sich einlud. Mit dem Gedanken an das Fremde bezog ein unerwartetes Frösteln Wohnung in ihrer Magengrube. Zugleich überlief ein wohliger Schauer ihren schmalen Rücken. Irritiert lächelnd, kämmte sie ihre Haare sorgfältiger. Während sie sich mit dem feuchten Glitzern ihrer eigenen Augen einen Abgott schuf, waren ihre Pupillen geweitet, als es an der Tür läutete.

Sie trug seidene Mitternachtsfarben, als sie jetzt verführerisch lächelnd die Haustür lediglich einen Spalt weit öffnete. Er sprach sie wie gewünscht mit „Isis“ an. Als das Königsblau eines dritten Auges unbeweglich auf ihn hinabsah, begann er gedanklich bereits vor ihr niederzuknien. Nun lächelte auch Martha. Ihr Geheimnis entlud sich wenig später auf ihm, während sie ihn in höchster Ekstase zu Tode ritt.

Das brummende Geräusch der Tiefkühltruhe schreckte Martha aus erinnerten Wachträumen. Sie fühlte sich unterbrochen und ging unter Spinnweben sinnierend vor ihrer Kellertreppe auf und ab. Es gab niemanden mehr, den dies hätte stören oder verwirren können. Zwischen Anfang und Ende lebte Martha in ganz eigener Verwirrung, an der sie die Außenwelt nur nach eigenem Ermessen Anteil haben ließ. Abrupt blieb sie stehen und heftete gläsern werdende Sehschlitze an die lebendige Durchsichtigkeit kleinster Kellergefängnisse. Zielsicher griff sie in eines der vielen Glasgefäße, entnahm ihm, was es enthielt: Martha ließ das glänzende Tier über ihren Handrücken krabbeln. Versunken versammelten sich ihre Sinne um für andere unspürbare Kratzbewegungen. Der Käfer hinterließ mikroskopische Risse auf der Oberfläche ihrer Haut. Drei Beinpaare ertasteten mit äußerster Vorsicht wohl temperiertes Feindesland. Um ihr Schicksal wussten sie nicht. Marthas Haut war trocken. Neurodermitis erzeugte in ihren Fingerzwischenräumen ein Unbehagen, als müsse sie partiell bei lebendigem Leibe ausdörren, während ihr Körper einem Käfer Wüste wurde. Dem Käfer schien die verkleinerte Wüste der unbekannten Frauenhand nichts auszumachen, munter erkundete er das Terrain. Weiße Miniaturkratzer verrieten den Eindringling. Das Muster eines einzigartigen Hautschüppchenverbundes entstand unter rastlosem Pilgern. Martha drehte ihre Hand langsam und gab dem Skarabäus so seine Wege vor.

Das Zwielicht ihres feuchten Kellers war Geburts- und Grabesstätte eines seltsamen Forscherdranges. Styroporplatten stellten nadelgespickte Chitinpanzer in verstorbener Schönheit über Lebendiges triumphierend aus, verrieten, dass es andere gegeben haben musste. Der grünlich glänzende Käfer reflektierte das nicht. Auch an Martha zogen Gedanken vorüber, die unmöglich die eigenen sein konnten. Jegliches Zeitgefühl war aus der erkaltenden Frauenhand gewichen.

Sie bemerkte die Kellerkühle nicht länger, auch nicht, wie sie sich ihrer Nacktheit bemächtigte, unzählige Muskelerektionen unter der Haut verursachte, die sich schließlich in unkontrolliertem Zittern entluden. Martha gab sich auf und hin.

Ihr Gesichtssinn war dem Pilgerweg eines Wesens gewichen, das aus einer anderen Zeit in die heutige geworfen worden war. Auch in Martha bewegte sich wüste Vergangenheit. Unverhoffter Tränenniesel bildete Salzbärte unter dem marschierenden Schaben der Käferbeinchen. Wie in Trance veränderte Martha die Landschaft ihres Handrückens, schuf einen Sudan für trockenes Sterben, folgte dem Käfer mit neugierigen Sinnen, betrachtete ihre Hand durch die gespaltene Vielschichtigkeit seiner kaleidoskopischen Insektensicht, fixierte ihre rissige Nagelhaut, sich schuppende Hornhautplättchen, für den Käfer Platten, ungleich lange Fingernägel einer nicht ganz damenhaften Handeignerin. Martha nahm wahllos einen weiteren Käfer aus seinem Glasgefängnis und setzte ihn sich behutsam auf ihre nackte Brustwarze. Seinem Überlebensraum entrissen, saß dieser nun reglos als Wächter auf einem dunklen Vorhof. Winzige Widerhaken entließen einen lustvollen Schmerz am Rande einer verdüsterten Wahrnehmung. Seufzen. Sie ließ den Käfer gewähren, ließ ihn eigene, ihm unvorherbestimmte Wege über ihren Körper finden. Martha wollte sich überraschen lassen. Kontrolle lag ihr besser.

Konsequent entfloh ihr Schlafzimmer dem schonungslosen Tageslicht. Morgendliches Dämmern überzog es verräterisch mit der Atmosphäre verlogener Wahrheitsfindung. An weit geöffneten Fenstern sah sie in die eisige Geborgenheit eines Wintermorgengrauens. Martha fühlte sich frei, als sie sich, wie um sich aufzuwecken, in einer plötzlichen Geste mit dem Handrücken über die verschwitzte Stirn wischte. Schwarze Restschmiere legte sich auf ihre feuchte Hand, legte sich besorgt in feinste Stirnfalten einer gefallenen Abgöttin.

Sie sog die nasskalte Luft tief in sich ein, streifte sich ihren Morgenmantel über und ging bemessenen Schrittes auf das zerwühlte

Bett zu, in dem noch Restnacht schlief. Da lag er also, mit zur Seite gedrehtem Kopf in unnatürlich angewinkelter Positur. In der Stille kam er ihr jetzt fast schön vor, obwohl er kein attraktiver Mann gewesen war. Analytisch glitt ihr Sehsinn über den Männerkörper, erspähte jeden Leberfleck, kroch in jede Fremdkörpernische, berührte intimste Bereiche. Bedauern empfand sie nicht, das Verlangen hatte ihren Körper ebenso verlassen wie das Leben den seinen. Sie versuchte, sich die Geräusche der vergangenen Nacht ins Gedächtnis zu zwingen. Sie kamen nicht zurück. Nur die schweren Gerüche beschlichen sie weiterhin.

Martha tippte langfingrig versonnen schwülstige Liebesgrüße in den Chat. Das hätte sie sich sparen können, ihre Fotos sprachen einmalig ehrlich für sich. Kurz ordnete sie Gedanken und Kontaktanfragen, sortierte Überflüssiges aus, um dann ihren nächsten Verehrer per Losverfahren auszuwählen. Routiniert klickte sie sich durch alberne Alben und aufgesetzte Profilangaben, die sie nicht im Geringsten interessierten. Es klingelte an der Tür. Mit einem gezielten Faustschlag schloss sie den Laptop.

Die Dame Isis trug nichts als dunkelblaue Seide, als sie ihm mit verheißungsvollem Blick Einlass gewährte. Er folgte ihr aufgeregt und legte die mitgebrachten Blumen eilig auf die Flurkommode. Eine eigentümliche Atmosphäre, die ihn nervös machte, war um die fremde Frauenbekanntschaft gewoben. Ihr nachschleichend, versuchte er, kontrollierter zu atmen, um seine Aufregung mehr oder weniger gut zu verbergen. Es war zu dunkel, um sie oder die Räumlichkeiten ausreichend zu erfassen. Es gelang ihm einfach nicht, seinen Blick von der Silhouette dieser Frau zu lösen.

Isis trug das Licht. – Sie entschied über Sehen und Gesehenwerden. Es schien verführerisch leicht, sich ihr mit Haut und Haar anzuvertrauen. Eine Wahl ließ sie ihm nicht. Bevor er ganz in ihr Reich glitt, dachte er ein letztes Mal bewusst an seine Frau.

Martha war froh, dass dieser offenbar nicht auf anfänglichen Smalltalk aus war. Sie fühlte seine Nervosität, fühlte Blicke über ihren Rücken gleiten. Sie war an die Aufmerksamkeiten zu gewöhnt, um Lust zu empfinden oder sich auch nur geschmeichelt zu fühlen. Seine unsteten Atemgeräusche riefen ihr das Bild eines gestrandeten Fisches vor ihr inneres Auge. Nun lächelte sie ein echtes, für ihn unsichtbares Lächeln.

Gesprochenes war ihr zuwider, verriet die Stimmung, den Charakter, manchmal das Alter, aber vor allem ließ es die Angst spürbar werden. Stimmen brannten sich ein. Nach Geräuschen formten sich Bilder. Schweigen war nicht der Rest, es war essentiell, lebenserhaltend, im höchsten Maße zweckdienlich. Martha wollte kein Hörspielchen.

Mit harschem Gestus wies sie ihn an, sich zu setzen, während sie zwei Messingpokale auf eine kalte Marmorplatte stellte. Er trank schnell, um die inzwischen zu laut gewordene Stille zu überbrücken. Für Martha konnte es nicht still genug sein. Seine Schluckgeräusche pulsierten ungewollt in ihren Ohren. Die Frau in Seide hatte sich nicht gesetzt. Vielsagend ließ sie ihn zu sich aufsehen. Das Pulver zeigte Wirkung. Martha dachte an ihren Keller, als er gierig unter die Seide griff. Reflexartig wollte sie die verzehrende Hitze seines niederdrückenden Körpers mit Kälte bekämpfen. Als sie ihn schließlich in ihr Schlafzimmer zog, entschloss sie sich, ihn ausbrennen zu lassen.

Martha beobachtete die Zirkulation bräunlicher Miniatursonnenwenden hinter Glas. Emsige Käferbeinchen rollten diese gewissenhaft durch düstere Kellerglaspaläste. Regungslos verharrte die Beobachterin in ihrem eigenen, blass gespiegelten Gesicht, das nun Teil schwach heraufbeschworener Sommertage wurde. In jeder Sonne wohnten weiße Larven.

Er hatte in vielen Sprachen viele Namen: Cheper, Mondkäfer, Glückskäfer, der Geschmückte, der, der das Strahlen gebiert, Pillendreher; Mistkäfer. Martha kannte sie alle. Die Namen tanzten hinter ihrer Stirn. Niemals hatte sie sie ausgesprochen. Es war, als fürchte sie, den Geschmack jener Namen auf der Zunge tragen zu müssen. Das innere Flüstern war mit der Realität ihrer Stimme nicht einmal lose verknüpft. Ihn zu halten, war unter Strafe verboten. Martha interessierte sich nicht für Strafen. Seit Jahren vermehrte sie die schwierigen Tierchen mit großer Akribie. Sie drehte einen goldenen Skarabäus spitzfingrig zwischen Daumen und Zeigefinger. Scarabaeus sacer – der Heilige. Er war etwas klein geraten, ein Männchen. Seine Zeit war noch nicht gekommen. Sie setzte ihn zurück in sein Paradies aus Scheiße. Cheps war das Wort für die wenigen Käfer, die sie für ihre Zwecke sorgsam auswählte, sie waren der Morgensonne geweiht und gingen am Abend mit ihr unter.

Lichtpfeile stießen zielstrebig durch die Löcher zugezogener Brokatvorhänge. Im Zentrum des stickigen Zimmers bekämpfte eine einzelne Öllampe künstlich erzeugte Nachtschwärze. In würdevoller Haltung betrat eine sich fremd gewordene Martha vorsichtigen Schrittes die Szenerie, etwas Kaltes tragend. Dellen und Rillen durchliefen das antike Ritualgefäß. Unpolierte Flecken verrieten Vorgeschichte Generationen von eingeweihten Frauen hatte es überdauert. Es wog schwer. Andächtig stellte Martha die uralte Bronzeschale auf die Marmorplatte des kreisrunden Tisches. Die Schale war auf eine eigenartige Weise betörend. Ihr haftete latent eine Spur Tod an. Sie stand auf einem ziselierten Fuß. Ihre Symbolik konnte niemand mehr entschlüsseln. – *Isis konnte es.*

Der Modergeruch von verbranntem Patschuli hing schwer in der Luft. Rauchschwaden waberten langsam durch strebsames Restlicht, dessen Pfeile bereits an Zielstrebigkeit verloren. Die Sonne ging unter. Martha atmete in einem gedehnten Stoß durch den Mund aus.

Aus unterirdischen Glaspalästen hatte sie eine Handvoll getrockneter Skarabäen mitgebracht. Die Männchen waren kleiner als die Weibchen. Martha sortierte die Weibchen aus. Das Orakel ließ das Schillern aus der rechten Handinnenfläche heraus in die Bronzeschale gleiten, in deren Mitte sie im Flackerschein der Öllampe wie geheimnisvolle Juwelen eines verbotenen Schatzes funkelten. Marthas Gesichtsmuskulatur entspannte sich, als sie das gewohnte Geräusch ihrer arbeitenden Hände vernahm. Ein entkommener Käfer kletterte verirrt in ihrem Haar, blieb unbemerkter Zeuge. Martha fuhr unbeirrt damit fort, die Skarabäen unter dem Gewicht des Pistils in der Bronzeschale zu grauem Giftstaub zu zermalmen. Dabei war es wichtig, die Luft anzuhalten, um nicht versehentlich etwas Pulverstaub einzuatmen. Sie musste nicht viel Kraft aufwenden, getrocknet wurden die Chitinpanzer leicht und porös. Eine einzelne Schweißperle verriet, auf ihrem Haaransatz sitzend, erneut aufkeimende Anspannung. Es war beruhigend, etwas so absolut zu zerstören, dass rein gar nichts mehr an seine ursprüngliche Form erinnerte. Dem Staub fügte sie wieder und wieder getrocknete Panzer hinzu, so lange, bis das Bronzegefäß bis zu zwei Dritteln mit dem Pulver gefüllt war. Martha verließ das Zimmer, kam zurück und mischte dem gemahlenen Käferpulver weitere Zutaten unter. Die Zusammensetzung war Jahrtausende alt, so alt wie ihr Geheimnis: der Wunsch nach Leben. Das Pulver erzeugte Fruchtbarkeit, gebar verheerendes körperliches Verlangen, das wenige Stunden nach der Einnahme unter Krämpfen zum Tod führte. Martha fragte sich kurz, was es wohl bei weiblichen Probanden anrichten würde.

Zu schrill erinnerte sie ihr Handyalarm an die abendliche Verabredung. Fahrig trug sie das soeben hergestellte Gift aus dem Zimmer hinab in den Keller und kehrte mit einer gut temperierten Flasche Rotwein zurück, das Etikett prüfend, wog sie diese in ihren staubigen Händen, hustete, hielt sie sich kühlend an die metallisch glänzende Brust, stellte sie auf Marmor, fügte dem Wein liebgewonnene Trinkpokale hinzu und verließ als Isis das Bild, um ihr drittes Auge zu öffnen.

Sie war anziehend. Er fragte sich, ob ihre Erotik in ihrem leichten Hang zur Extravaganz schlief und ob diese wirklich in den angestrebten Frivolitäten gipfeln müsste, die sie für die heutige Nacht angeregt hatte. Fata Morgana.

Sie würde ihres Geheimnisses beraubt ganz Frau werden. Würde zugeben müssen, immer Frau gewesen zu sein, Dosensuppen öffnen, sich die Beine rasieren, Kaffee trinken, wäre alltäglich uninteressant, so ganz ohne dunkelblaue Seide, wäre nackt – nicht mehr und nicht weniger. Nein, Frivoles passte nicht zu einer Priesterin. Der Teppich schluckte seine Schritte. Ihm war heiß. Raum und Zeit verflüssigten sich. Es war, als könne er seine Organe fühlen. Sie sprach nicht viel, aber ihre Bewegungen erzählten exotische Geschichten. Sie war barfuß. Er hörte nicht, wie ihre Füße den Boden, auf dem sie zweifellos ging, berührten. Er versuchte, angestrengt zu lauschen, kein Ton kam bei ihm an. Er war ein gut eingestellter Empfänger, der Sender war offenbar tot. Sie war ein gut einstudierter Tanz, oder ein innerer Monolog, das konnte er mit Gewissheit nicht sagen. Von ihrem Körper hypnotisiert, trank er den Rotwein in einem Zug aus und genoss, wie dieser ihm an den Mundwinkeln hinunterlief, sein Hemd versaute. Als bräuchte er am nächsten Morgen den Beweis, wirklich bei ihr gewesen zu sein.

Kurz bereute sie sein Sterben, dachte einen Sekundenbruchteil darüber nach, wie er wirklich hieß, ob er verheiratet war, wo er lebte, wie und von was. Sie hatte ihm oft nachgeschenkt, bevor sie sich überwinden konnte, ihn zu ihrem Bett zu führen. Er faszinierte sie, hatte intelligente, wache Augen, einen sehr aufrechten Gang. Er hatte viel getrunken, das Gift wirkte schleichend und immer ein bisschen anders als erwartet. Seine Augen wurden weit, als er sie auf das Bett hob. Er war stärker als von ihr vermutet und verblüffend athletisch gebaut. Sie begehrte ihn. Schauer passierten unkontrolliert ihren Körper. Martha verfluchte ihre Schwäche, sehnte Erlösung herbei. Bettelte innerlich kniend vor ihrem Gott.

Seine Sinne schwanden, als er wütend in sie eindringen wollte. Ihr Begehren blieb unerlöst. Sein Kinn war auf ihre Brust gesackt, er atmete schwer. Die Abstände von Atemzug zu Atemzug wurden länger, sein Puls verlangsamte sich. Marthas Magen führte Treibeis. Sie vertiefte sich in sein Gesicht. Um Fassung bemüht streichelte sie sein schweißnasses Haar. Wie alt er wohl war?!

Alleingelassen kämpfte sie nackt gegen eine tiefsitzende innere Müdigkeit an. Er war eingeschlafen. Martha würde ihm folgen.

50 Shoes of Grey

Françoise Bohlá war Magierin.

Das ahnte sie vom ersten Augenblick an, in dem sie die Kleinstadt E. betrat und ihre unruhigen Blicke die Füße jener Frauen musterten, die ihren Weg kreuzten. Françoise kannte die schönen Frauen mit den hässlichen Füßen und ebenso die schönen Füße hässlicher Frauen sehr genau. Wo sie ihre eigenen Füße unterbringen sollte, wusste sie hingegen nicht so genau. Sie grüßte ausnahmslos jeden einzelnen Kleinbürger, der ihr begegnete, während sie etwas unbeholfen einen ganz offensichtlich zu vollen Koffer hinter sich herzog. Sie versuchte, die kühle Künstlichkeit, mit der man auf sie herablächelte, zu ignorieren und beschloss stattdessen, Aussehen und Namen zu ändern, sobald sich ein brauchbares Ambiente für ihr Vorhaben gezeigt hätte. Dieses fand sich einige Wochen später in einer eher unauffälligen Seitenstraße. Es war klein und sauber, aber vor allem besaß es ein sehr großes Schaufenster.

Françoise Bohlá trennte sich im Hinterzimmer ihres Ladens ohne großen Aufwand mit einer heißen Schere, die in ihren kleinen Händen riesig wirkte, von ihren langen blonden Locken, ließ einen kurzen, glatten Bob zurück, den sie sich kurzerhand grau färbte und legte freudig ihren Namen ab, nachdem sie feststellen musste, dass in dieser Stadt nicht ein einziger geneigt war, diesen richtig auszusprechen. Barfuß schritt sie auf Zehenspitzen zu ihrem eigenen Gesumme über kalten Fließenboden tanzend durch eine tote blonde Lockenpracht, während sie die aus Frankreich angekommene Ware bereits im Geiste auspackte. Das sehr große Schaufenster hatte sie mit grauem Tuch verhängt.

In serifenlosen silbergrauen Lettern prangte der Name ihres Schuhgeschäftes den Einwohnerinnen einer trist gewordenen Stadt trotzig entgegen: *Grey's* hatte eröffnet und Grey hatte ihre ungewöhnliche Auslage mit nicht weniger als 50 Paar grauer Damenschuhe ausstaffiert. Vor einer Tasse frisch aufgebrühten schwarzen Kaffees stand sie sinnierend, von innen durch das Ladenfenster blickend. Auf den Vorbeieilenden wirkte sie wie ein in Stein gemeißeltes Standbild, umgeben von ebenso steinernen Schuhen. Man schaute auf eine Steilküste und wurde selbst zur vergebens schäumenden Gischt, wenn man sich unbedacht auf den grauen Felsen einließ. Grey empfand übertriebene Farben als zu starke Ablenkung und freute sich der selbstinszenierten Tristesse, die sie der Damenschaft einer übertrieben kleinen Kleinstadt beinahe tollkühn entgegensetzte.

Ein Inspektor mit steiler Stirnfalte war ihr erster Kunde. Der Klang der eigenen Ladenklingel entzückte die auf den ersten Blick unscheinbar wirkende Französin, die den Kunden nahezu akzentfrei begrüßte: „Sie interessieren sich für Damenschuhe?"

„Hier ist ja alles grau", kam die Antwort geschossen.

„Mögen sie kein grau?"

Der strenge Herr runzelte irritiert die ohnehin stark gefurchte Stirn. „Diese Herbstsaison wird rot", posaunte er weiterhin angriffslustig.

Grey fiel es schwer, sich ein zu breit geratenes Lächeln zu verkneifen: „Sie sind gut informiert, interessiert sich ihre Frau für Mode?"

Der Inspektor schnaubte, holte Luft, begann ein Stottern, das ihm im Halse stecken blieb, holte erneut Luft, kaute hungrig auf seiner Unterlippe, bis er sich schließlich zu einem knappen Nicken hinreißen konnte.

Greys Lächeln wurde breiter: „Oh es lohnt sich schon jetzt."

Der Mann blinzelte durch winzige Schweinsäuglein und steuerte ungelenk in zwei großen Schritten auf die Tür zu.

„Sie dürfen mir gern Ihre werte Gattin vorbeischicken, damit wir die Herbstsaison ausgiebig diskutieren können.“

Grey winkte dem Gehenden überfreundlich, bekam von der Gegenseite jedoch nichts weiter als ein ungehaltenes Brummen. Noch immer belustigt, schritt die frischgebackene Ladenbesitzerin durch die Reihen ihrer grauen Damenschuhformation, bestehend aus einer Armee von Slingpumps, Stilletos, Stiefelletten, Halbschuhen, Peep Toes, Havaianas, High Heels, Spangenschuhen, Ballerinas, Keilabsätzen, Schnürern, Sandalen, Plateauschuhen und vielen Mischformen, die nicht einmal Grey hätte vollständig benennen können. Aufregend war das Schuhgeschäft, amüsiert die Schuhverkäuferin in Grau. Der erste Verkaufstag neigte sich dem Ende zu.

Grey positionierte fünf verschiedene Preisetikettierungen in Form von Klebezettelchen auf jedem Finger ihrer linken Hand. Versunken zählte sie die zwölf Striche des Barcodes, prägte sich Farb-Typ-Größen- und Materialkombinationen der betreffenden Schuhe ein, nahm das Etikettiergerät in die andere Hand und vervielfältigte den zuvor eingegebenen Auftrag um einige hundert Mal. Es war ein sehr früher Morgen, der noch immer unvollständig von Singvögeln angekündigt wurde. Grey hatte sich weder die Mühe gemacht, die Rotweinflasche des vergangenen Abends zu entsorgen, noch entsprechende Kleidung für den heutigen Verkaufstag auszuwählen und anzulegen. Splitter fasernackt stand sie hinter ihrem Verkaufstresen, eine schmale Zigarette zwischen den Lippen, mit Preisen experimentierend. Dabei vergaß sie zu rauchen. Die Zigarette rauchte sich von selbst. Asche fiel auf den grafitfarbenen Tresen. Grey betrachtete ihre Füße von oben. Sie waren zierlich. An jeder Hacke heilten Blasen. Ein geringer Preis für außergewöhnliche Schuhe. Ein Leberfleck prunkte einem adelnden Muttermahl gleich auf ihrem kleinen Zeh, von ihr oben aus rechts. Grey bemerkte ihre Zigarette ohne aufzuschauen im Schaufenster, erinnerte sich, dass sie rauchen wollte, öffnete den Mund gerade weit genug, um sie geräuschlos auf den Boden fallenzulassen.

Das war ganz egal. Hinter den Tresen durfte niemand sehen. Die

Etikettiermaschine in der Hand, produzierte sie weiterhin fleißig Preisaufkleberchen, jetzt mit wechselnden Zahlen. Da sich die linke Hand als vollends beklebt präsentierte, lud Grey die nun folgenden Aufkleber auf ihren nackten Waden ab. Mit jedem weiteren Aufkleber fühlte sie sich etwas weniger nackt. Sie klebte kreuz und quer, ließ die Preise einander überbieten und unterbrach ihr Tun nur, um ab und an auf ihre Füße zu schauen, nur von oben nach unten, denn so kamen sie ihr kleiner vor. Mit ausgepreisten Waden verschwand sie auf Zehenspitzen im Hinterzimmer, um sich für den Verkauf herzurichten. Sie zog eine geblümte Tafthose über ihre ausgepriesenen Waden, die nun mehr als angezogen waren. Mit einem Eisen glättete sie gekonnt ihre kurzen Silbersträhnen, jetzt definitiv rauchend. An ihr Blond konnte sie sich kaum erinnern, ihre echte Haarfarbe kannte sie nur noch aus Kindertagen. Sie vermisste nichts. Grey gefiel sich zwischen all dem Grau, so konnte sie jede Farbe annehmen.

Gegen Mittag kam eine junge Frau in den Laden. Sie schaute ertappt auf, als Grey, durch das Klingelzeichen gerufen, aus dem Hinterzimmer hervorlugte.

„Suchen Sie etwas Bestimmtes?“, fragte Grey höflich.

„Sie sind neu hier.“

„Ganz recht, sehr neu sogar“, antwortete die Frau in Grau gelassen.

„Wissen Sie, Neues fügt sich hier niemals gut ein, es erschreckt die Leute kurz und verschwindet dann wieder von der Bildfläche.“

Die junge Frau war beinahe noch ein Mädchen. Ein ziemlich bieder gekleidetes Mädchen, wie Grey feststellte. Nervös wippte das Mädchen auf ihren Zehen balancierend auf und ab. Dabei hielt sie ihren Blick stur auf den Boden gerichtet, auch dann, als sie versuchte, Grey großspurig zu antworten. Für einen Augenblick wurde es so still, dass man den Verkehrslärm der Straße von weit her hören konnte.

Das Mädchen blickte aus weiten blauen Augen fest in Greys erstauntes Gesicht: „Wer sind Sie und was wollen Sie in E.?“, fragte sie nun fast wütend.

Eine plötzliche steile Stirnfalte, deplatziert in dem hübschen jungen Gesicht, verriet Familienähnlichkeiten. Grey rieb freudig erregt ihre preisgekrönten Waden aneinander, die geheimen Klebepreise erzeugten unter dem Hosentaft ein leichtes Papierschabegeräusch, das nur Grey wahrnahm. Ihr geheimes Innenleben belauschend, ließ sie sich Zeit und überlegte, ob sie dem Stirnfaltenmädchenkindgesicht überhaupt antworten sollte.

„Möchtest du nicht ein paar Schuhe anprobieren?“, fragte Grey mit Handzeichen auf die Regal- und Schaufensterware verweisend.

Erstaunlich folgsam setzte sich die Kundin in das einzige farbige Möbelstück des Ladens, einen klobigen, übertrieben mit Strasssteinen verzierten, bordeauxroten Ledersessel, der von den wuchtigen Ausmaßen her schon bald ein Sofa hätte sein können. Grey lächelte ihren Sieg aus sich hinaus und fing gar nicht klein denkend mit den höchsten Absätzen an, die sie in ihrem grauen Laden nur finden konnte. Von Probiersöckchen hielt sie nichts, denn keine ihrer Kundinnen würde jemals ein zweites Paar Schuhe probieren. Auch nach der Schuhgröße musste Grey niemals fragen. Ihr Augenmaß war furchteinflößend exakt. Die Schuhe, die sie auswählte, passten immer. Zu ihr kamen Aschenputtel und es gingen, zugegeben seltsam wankend manchmal, Prinzessinnen.

„Sie werden Aufsehen erregen, hier in E.“, sagte das Aschenputtel, während es sich an den Schuhriemchen zu schaffen machte.

„Ja, das hoffen wir doch“, antwortete Grey mit genussvoll geschlossenen Augen, das geheime Aufklebergeräusch mit ihren Waden erzeugend.

„Alle nennen mich übrigens Patty“, stieß das noch unverwandelte Aschenputtel angestrengt keuchend hervor, als es sich in fünfzehn Zentimeter hohe graue Riemchensandaletten zwängte, die nach kurzer Anstrengung plötzlich wie angegossen passten.

„Wir werden dafür sorgen, dass man dich schon bald Patrizia nennt“, sagte Grey augenzwinkernd. Dabei half sie dem Mädchen, eine Runde durch ihren Laden zu staksen.

„Ich hätte niemals gedacht, dass mir einmal graue Schuhe gefallen. Wissen Sie, die Farbe passt so gar nicht zu dem modernen Schuhdesign“, hauchte Noch-Patty.

Grey beobachtete, wie sich das Mädchen in ihren Schuhen vor dem Ladenspiegel drehte und ihren unbeholfenen Kleinmädchenkopf in Prinzessinnenfantasien tauchte. Offenbar zeigte der Spiegel nicht, dass sich die Schuhe und damit auch das Aschenputtel bereits veränderten. Grey lächelte ein Lächeln, das Françoise stolz gemacht hätte, in Richtung des Spiegels. Als sie dabei auf ihr eigenes Spiegelbild traf, warf sie ihm mit verträumten Ich-Erinnere-Mich-Augen eine Kusshand zu. Die Schuhe begannen indessen klammheimlich, ihr Grau zu verlieren, als Patty sich von ihrem Spiegelzwilling löste und sich aufgeregt zu Grey umdrehte:

„Ich kann sie mir bestimmt nicht leisten, sie kommen mir sehr teuer vor und ich habe gar nicht daran gedacht, etwas zu kaufen.“

Grey wusste um die Unbezahlbarkeit ihrer Schuhe und sagte: „Gib mir alles Geld, das du dabei hast und schick mir dafür morgen deine Mutter vorbei. Wir werden auch für sie das perfekte Paar finden.“

Grey hasste die Preisfrage, schließlich war sie sich noch immer unsicher, was so ein Damenfuß eigentlich wert war. Patty ließ sich die neuen Schätze für etwas mehr als zwanzig Euro in graues Seidenpapier wickeln und verstaute sie glücklich in ihrer Tasche.

„Ich wusste gar nicht, dass grau jetzt Modefarbe ist“, sprach das Mädchen ihre Gedanken laut aus.

„Ist es nicht, war es und wird es nie. Die Saisonfarbe ist rot“, antwortete ihr Grey, während sie eine erste zufriedene Prinzessin zur Tür geleitete.

Zu Hause angekommen, rannte Patty in ihr Jugendzimmer, um sich ganz ihren neuen Schuhen hinzugeben. Sie genoss das Knistern des Seidenpapiers beim Auspacken der höchsten Absätze, die sie je gesehen hatte. Durch das Grau schimmerte erstes Rot. Patty sah das nicht. Wie in ein Kinderspiel vertieft, probierte sie sich selig an den Schuhen aus. Ohne zu bemerken, dass sie jetzt schreiend rote Schuhe trug, die gewiss nun ganz Aufsehen erregen würden.

Grey war mit sich zufrieden. Eine dicke Nonne hatte soeben das Geschäft mit vermeintlich grauen Sportsneakern verlassen. Sie stützte sich beim Kommen und Gehen schwer auf einen Gehstock. Grey hatte auch ihr ein unbezahlbares Geschenk gemacht. Nur wusste das die Nonne noch nicht. Bald würde sie ihrem Gott danken, ohne zu ahnen, dass es eine grau gefärbte Französin war, die ihren geschwollenen, blau geäderten Füßen eine neue, gesündere Farbe verliehen hatte.

Kurz mit sich und dem Grau allein, sanken Greys Blicke wieder hinab auf die eigenen Füße. „Der Leberfleck ist noch da", bemerkte Grey mit lauter Innenstimme zu sich selbst. Sie bewegte jede Zehe einzeln, das konnte sie gut, denn das hatte sie lange und oft geübt. Immer dann, wenn sie barfuß war. Sie hasste Schuhe an ihren eigenen Füßen und ging am liebsten barfuß. Die Klebepreisschildchen mit den vielen Barcodelinien über Füße und Waden zu verteilen war ein Anfang. Für Grey gab es nicht das richtige Paar, weder im Design noch in der Größe, ganz besonders nicht in der Farbe. Als sie erneut mit den Zehen wackelte, vernahm sie das immer vertrauter werdende Klingelgeräusch der Ladentür. Kurzerhand ließ sie ihre Hosenbeine fallen und strich die eigenen Füße aus ihren bunten Gedanken.

Eine unauffällig, aber geschmackvoll gekleidete Frau hatte das Schuhgeschäft betreten. Ruhig musterte sie die graue Schuhauslage. Dann drehte sie sich mit zusammengekniffenem Gesicht zu Grey um:

„Sind Sie die schreckliche Frau, die meiner Tochter diese unangemessenen roten High Heels angedreht hat!"

„Nein. Nein. Und ja."

„Bitte?"

„Schreckliche Frau nein, unangemessen nein, rote High Heels ja, vermutlich."

Verwirrte Blicke trafen Grey hart mitten in die kleinstädtisch aufgesetzte Verkäuferinnenmiene.

„Ihre Tochter hat sich für rot entschieden", antwortete Grey mit ruhiger Stimme.

„Aber ... hier gibt es keine roten Schuhe“, setzte die Unauffällige nach.

„Ganz Recht“, konnte sich Grey nicht verkneifen.

Die Kundin schüttelte verständnislos den Kopf, Grey nickte verständnisvoll, nahm sie bei der Hand, zog sie hinter sich her, platzierte sie auf dem Ladensesselungetüm, lächelte wieder.

„Ich bin gleich mit den richtigen Schuhen für sie zurück, Madame. Dann werden sie die glühend roten Leidenschaften ihrer jungen Tochter besser zu verstehen wissen.“

Die Unauffällige wusste nicht, wohin sie schauen oder was sie sagen sollte, also ließ sie Grey gewähren.

„Da haben wir das Richtige für Sie, Madame!“, rief Grey laut und fröhlich.

„Reitstiefel?!“, staunte die Platzierte entsetzt.

„Sie sind sogar gelackt. Man kann sich in ihnen spiegeln. Sind sie nicht einfach wundervoll einmalig?!“, verführte Grey.

„Nun ja. Anprobieren kann ich ja mal, obwohl das nicht im Entferntesten in mein Kleidungsrepertoire passt. Außerdem sehen sie sehr unbequem aus.“

„Jetzt halten sie endlich ihren Altfrauenmund und probieren Sie!“

Interessanterweise gehorchte Greys Kundin widerspruchslos und zog sich die Stiefel über schwarze Feinstrümpfe, die ihre überraschend schönen Beine konturierten.

„Ich habe Beine“, rief die Reitstiefelprinzessin verblüfft, während sie wie eine eigene Garde durch den Laden stolzierte. „Und wie die passen“, presste die Gardistin hervor. „Ja, die sollte ich nehmen. Aber der Preis. Mein Mann darf es nicht erfahren.“

Grey nickte wissend, zog wahllos einen Klebepreiszettel von ihrer Wade und überreichte diesen strahlend der Kundin.

„49 Cent?!“

„Wenn Sie mehr bezahlen möchten, werde ich das bedürftigen Frauen spenden.“

„Bedürftigen Frauen?!“

„Frauen wie Ihnen.“

„Frauen wie mir?!“

„Ja, glauben Sie mir, zu Ihnen passen diese Reitstiefel und ich rate Ihnen dringend, Ihren Mann sehr wohl und sehr oft an dieser Neuerwerbung teilhaben zu lassen!“

Kurz öffnete die Kundin erstaunt ihren Mund, da sie aber wieder nicht wusste, wie sie reagieren sollte, verließ sie wortlos den Laden mit nun gräulichblau glänzenden Reitstiefeln. Grey war überaus zufrieden mit sich und beendete den Verkaufstag, indem sie ein letztes Mal auf ihren Fußleberfleck schaute.

Grey stand hinter ihrem Verkaufstresen, rührte versunken mit dem Löffel klirrend Milch in ihren Schwarztee. Als sie Gewitterwolken am Horizont erspähte, ging die Ladentür polternd auf: „Siieee ...!“

„Der verehrte Herr Inspektor“, begrüßt Grey mit dem ihr eigenen Lächeln.

„Siiieeeee ...!“, stieß die aufgeblasene Gewitterfront erneut hervor.

Grey blieb gelassen: „Habe ich Sie nicht glücklich gemacht?“

„Meine Tochter in eine Hure zu verwandeln und meine hochgeschätzte Frau in eine wollüstige Möchtegern-Reitlehrerin. Die halbe Stadt schaut ihnen jetzt nach. Sie schaden meinem Ruf, Verehrteste. Das büßen Sie mir!“

„Ich kann nichts dafür, alle Schuhe, die ich verkaufe, sind grau.“

Grey streckte sich und erinnerte in dieser Bewegung unabsichtlich an eine sehr widerspenstige Chartreuse.

„Ich habe sie mindestens mit einem Paar Schuhe sehr glücklich gemacht und das wollen Sie jetzt nicht zugeben, hochgeschätzter Herr Inspektor. Auch die roten Schuhe werden sich Ihnen noch offenbaren. Bis dahin halten Sie bitte die Luft an, sonst laufen Sie so rot an, wie die Schuhe Ihrer lebhaften Tochter.“

„Siee!“

Etwas ließ Grey innehalten, ein plötzlicher Gedanke bemächtigte sich ihrer vollständig. Ein Regenbogen erschien nur für sie und entlockte ihr das typische Lächeln. Für einen Augenblick war der Inspektor vergessen und seine Stimme nur noch von ganz weit weg zu hören. Grey fuhr fort, abwesend vor sich hin zu lächeln. Sie hatte nun verstanden, um was es hier wirklich ging; einen Regenbogen.

„Siieee!“, tönte es erneut.

Grey war zurück: „Sie wiederholen sich und das beginnt mich zu langweilen. Sie erregen langsam aber sicher mein Mitleid oder mein Missfallen, das vermag ich jetzt noch nicht ganz zu entscheiden. Vielleicht ein bisschen von beidem.“

Grey rieb die Waden aneinander und gebot dem Inspektor, nun wieder freundlich, in ihrem glitzernden Sofa-Sessel Platz zu nehmen.

„Ich werde genau 49 Paar graue Schuhe in dieser Stadt an die Frau bringen. Das fünfzigste Paar werde ich an jemanden verschenken, der es meines Erachtens besonders nötig hat“, sagte Grey mit ernsten Augen.

„Was denken Sie eigentlich, wer Sie sind?! Das sind nichts als alberne Schuhe, nächste Saison vergessen, vegetieren Sie in eingestaubten Schuhschränken, erneut ergraut, traurig vor sich hin. Bis dahin hat man Sie genauso vergessen wie Ihre Schuhe, Madame.“

„Oh ich hoffe darauf, vergessen zu werden und die Schuhe wird man im nächsten Jahr hier hoffentlich auch nicht mehr brauchen. Und Sie irren sich, grau wird es hier nie wieder werden. Die Farben werden bleiben. Darf ich Sie jetzt aus meinem Laden bitten, Sie irritieren die Schuhe!“

„Bitte was?!“

„Ich verkaufe hier nur Damenschuhe und grau ist ganz und gar nicht Ihre Farbe“, sagte Grey mit gewinnendem Lächeln.

Der Inspektor ging mit dem festen Vorsatz, bald wieder zu kommen. Grey freute sich an den seltsamen Verwandlungen, die sich an den Frauen in E., für jeden sichtbar, vollzogen. Mit einem Glas Rotwein in der Hand beobachtete sie durch das Schaufenster ihres außergewöhnlichen Ladens die Straßen.

Die Ladentür öffnete sich und eine strahlende Mitdreißigerin betrat die Szene: „Madame, diese Pumps haben mein Leben verändert.“ Die Grundschullehrerin, Grey erinnerte sich.

„Er hat mir einen Antrag gemacht, endlich hat er sich entschieden“, trällerte die Frau, während sie stolz das Leopardenmuster ihrer ehemals grauen Pumps präsentierte.

„Ich weiß ja nicht, woher Sie diese Schuhe beziehen und ob das in Frankreich immer so läuft, aber ich bin hier, um Ihnen zu danken.“

Mit diesen Worten zog sie feierlich einen Strauß weißer Rosen hinter ihrem Rücken hervor und drückte ihn Grey in die Hand.

„Danke“, sagte die Leoparden-Grundschullehrerin und ging ebenso schnell, wie sie gekommen war. Grey blieb zurück und stellte in jede leere Rotweinflasche, die sie auftreiben konnte, eine weiße Rose.

Manchmal blieb der Laden leer. Grey verbrachte die Zeit dann damit, ihre Füße und Waden mit Preisen zu bekleben und im Kopf die Wertigkeiten zu addieren. Sie hoffte so, endlich den Wert ihrer eigenen Füße ermitteln zu können, was natürlich nicht funktionierte, zumal Grey die absurdesten Preise festlegte.

Der kleine Schuhladen wurde bald zum Aufsehen erregenden Modeobskurum von E. Jede Frau in E. wollte ein eigenes Paar Grey´s besitzen. Doch nicht auf jede wartete ein solches Paar. Grey erkannte die Richtigen sofort und schickte die Falschen unverblümt aus ihrem Laden. Sie besaß nicht ein identisches Paar Schuhe. Jedes war einmalig, so einmalig wie die Frau, zu der es finden sollte. Die Schuhauslage wurde mit jeder Kundin leerer. Das Grau verließ den Laden. Die Farbe zog wie ein lang ersehnter Frühling unter den Damen in E. ein. Als nur noch ein einziges Paar Schuhe übrig war, erinnerte sich Grey an den Regenbogen. Die Rotweinflaschen im Hinterzimmer einsammelnd, begann sie zu packen, um an diesem Abend für immer zu schließen.

Der Inspektor stand ungläubig vor einem mit grauem Tuch verhängten Schaufenster. Es war ein regnerischer Tag. Das Grau dominierte den Tag in E. und doch wurde es von heiterem Absatzgeklapper gutgelaunter Damenbeine durchbrochen. E. hatte sich verändert.

An der Ladentür prangte ein quietschgelber Klebezettel, der den Inspektor namentlich aufforderte einzutreten. Vorsichtig öffnete er die unverschlossene Ladentür und betrat mit leisen Schritten Feindesland. Der Schuhladen war nicht nur verlassen, er fühlte sich auch so an. Greys Grau war ein anderes gewesen. Nicht ein einziger hinterbliebener Damenschuh zierte die Auslage. Der Inspektor ließ die Blicke schweifen. Er nahm sich Zeit für einen späten Abschied. Einer Frau wie Grey würde er niemals wieder begegnen. Zum einen beruhigte ihn das, zum anderen stimmte es ihn seltsam wehmütig. Sein Blick verweilte ruckartig unterbrochen auf dem einzigen farbigen Möbelstück des Ladens. Ein Schuhkarton thronte inmitten seiner Sitzkissen.

„Ist das für mich?", fragte er laut, in der Hoffnung, Grey möge, ihn erschreckend, um die Ecke springen. Ein lose auf dem Schuhkarton angebrachter Klebezettel antwortete ihm: „Das letzte Paar ist für Sie, Herr Inspektor." Der Inspektor öffnete den Schuhkarton andächtig. Graues Seidenpapier raschelte unter seinen zaghaften Auspackversuchen. Zärtlich entnahm er dem Karton ein grau glitzerndes Paar extra hoher Stiefelletten. Das letzte Paar grauer Damenschuhe für ihn?! Er verstand nicht sofort. Unter den Schuhen flatterte ein dritter Zettel durch das Seidenpapier: „Ihre Schuhgröße". Ertappt sah sich der Inspektor argwöhnisch um. Es war niemand zu sehen. Könnte er es wagen? – Er könnte es wagen. Er setzte sich in den Ledersessel. „Wie bequem", stellte er fest und presste sein Gesäß noch tiefer in die Sitzfläche. Noch ein weiteres Mal sah er sich in aller Heimlichkeit um, dann probierte er die Schuhe. „Sie passen", schnaufte er erschrocken. Er versuchte einige erste Schritte durch den Laden, bald bekam er ein Gefühl für die Schuhe, wenig später posierte er bereits vor dem Spiegel. Er gefiel sich gut in den Schuhen, wissend, dass dieser Moment ihm allein gehörte. Viele Stunden verbrachte der Inspektor seine Schuhe probierend in dem kleinen, sauberen Schuladen einer Seitenstraße in E. Der Tag ging zur Neige, mit dem Abendlicht entfalteten die Stiefelletten ihren ganzen Zauber, entwickelten nicht eine Farbe, nicht ein Muster, sondern schillerten in allen nur denkbaren Farben dieser Welt. „Regenbogenfarben“, entfuhr es dem Inspektor lächelnd. Seine Stirnfalte war verschwunden.

Die Dame in Grau blickte ein letztes Mal zurück auf E., das jetzt weit hinter ihr lag. Sie streifte Grey wie ein Kleidungsstück ab, dessen sie überdrüssig geworden war. Ihr zu voller Koffer war auf ihre Art gepackt.

Françoise Bohlá war Magierin.

Das Mädchen am Fenster

Das Leben fließt hinter Glas. Es schaukelt sich ein, kommt von vorne oder von hinten, das kommt darauf an, auf welcher Seite man steht, oder darauf, wo man von oben aus hingestellt wurde.

Ich lebe allein zwischen vier Wänden, schaue oft von Ecke zu Ecke, ohne dass etwas oder jemand zurückblicken könnte. Meine Tür wird nur von außen geöffnet, als Gefangene fühle ich mich aber nur dann, wenn das mittlere meiner drei Fenster geschlossen bleibt.

Ich unterscheide weder bunt noch krank, jung oder alt. Mein eigenes Alter errate ich an den fallenden Blättern des Baumes vor meinem Fenster. Durch sein Blätterdach betrachte ich die lange Straße, die vorbeieilenden Menschen, fluchende Autofahrer, sich am Himmel formierende Stare. Ich besitze nichts auf dieser Welt außer meiner Aussicht, die mir niemand nehmen kann. Sie ist gewiss einzigartig unter allen Blickwinkeln auf die Welt. Alles sonst ist geborgt, das weiß ich mit Sicherheit.

Mein Sehen ist dreigeteilt. Jedes Fenster funktioniert für sich. Jeden Tag sitze ich hier für mich in der Mitte meiner drei Fenster, an dem schönst möglichen Platz in meinem Leben, lebe in drei miteinander verbundenen Fenstern, die zusammen nur sechs Ecken haben und betrachte die Außenwelt vorsichtig aus meinem Innenraum heraus. Ich muss nicht weit sehen, um zu wissen, dass die Stadt klein ist und die Menschen darin mit geschlossenen Augen umherstolpern, sich nur noch per Zufall verlieben, während sie in einen anderen unglücklich gewordenen Menschen hineinstürzen. Wenn ich an Liebe denke, male ich kreidebleiche, aber goldene Fische mit roten Augen auf die Hausfassade um meine drei Fenster herum. Dann warte ich lange, so lange, bis der Regen sie schwimmen lässt. Wenn ich dann träume, zerfalle ich in Vögel und Fische, fliege federlos in einem eingebildeten Teich, den ich irgendwann male, nur damit ich ihn nicht mehr träumen muss, der dann zum Tümpel wird, wenn der Regen ihn aus mir herausgewaschen hat.

Ich bin unterbrochen von Autos, durchsetzt von Radfahrern, zergliedert von Schatten, die nicht zu mir gehören. Jeden Tag trennen uns eine Straße und die Bäume, die sie von beiden Seiten säumen, die Menschen, die unter meinen Blicken verschwinden. Manchmal trennt uns nur noch Fensterglas. Ich kenne das Mädchen am Fenster nicht. Weiß nicht, woher es kommt, seinen Namen – ihr Alter. Ich traue mich nicht, die Straße zu überqueren, auf die Klingelschilder zu sehen, ihren Namen zu erfahren. Noch kann ich ihr jeden Namen geben. Sie ist jedes Mädchen und doch das einzige, dessen Namen ich nicht erfahren darf, damit sie das Mädchen am Fenster bleiben kann. Wir sind getrennt in außen und innen. Sie ist mein Lieblingsbild.

Kreidestaub rieselt die Hauswand herunter, pudert altes Backsteinrot pastellgelb ein. Das Mädchen am Fenster hat den Arm unnatürlich verbogen, um ihr Gezeichnetes soweit wie möglich um das rechte Fenster herum auszudehnen. Sie zeichnet einen Dschungel aus immer wiederkehrenden Farben und unheimlich fantastischen Tieren und Pflanzen. Ihre Unterarme sind bunt eingestaubt, das Haar hängt ihr strähnig in die Stirn, ihre Augen blinzeln sonnenklein und konzentriert. Ab und zu beißt sie sich unsicher auf die Unterlippe, um dann Kreidestaub von der Fassade und Haar aus ihrem Gesicht zu pusten. Inmitten ihrer Zeichnung erscheint sie blass und viel weniger lebendig als die Welt, die um ihre drei Fenster wächst. Wie ein ungewöhnlich geratener Vogel hockt sie auf der Fensterbank. Manchmal hält ein Passant wie ferngesteuert inne, den Blick mit der Hand gegen die Sonne abschirmend, das Mädchengesicht erhaschend, dann kopfschüttelnd, befremdet nickend, um schließlich einfach weiterzugehen, einen geheimen Dschungel in den Gedanken mit sich tragend. Bloß ein Einziger hat das Herz voll goldener Kreidefische.

Tropfen bilden dunkle Punkte auf ziegelrot, Wolken ziehen verdunkelnd und schnell auf den Kopf gestellt über Fensterglas, spiegeln sich in wasserblauen Augen eines fenstergerahmten Mädchens. Das Mädchen zieht hastig den Malarm zurück, lässt überrascht die Kreide fallen. Ein Blick hat sie getroffen. Die Kreide fällt drei Stockwerke tief, zerbricht im hinteren Drittel in zwei Teile. Das Mädchen hat ihr nachgesehen. Die Straße leert sich. Schirme werden aufgespannt, vereinzelt in schönen Farben und Mustern. Scheibenwischer pendeln panisch. Wasser stürzt. Das Mädchen steht wieder hinter Glas, sieht das Weinen einer Welt, diesmal von außen und denkt an Kreidefische.

Der Sturzregen schleift Konturen, das Mädchen meiner Gedanken verwischt zu einem verschwommenen Umriss, oben halb oval, unten eckig gerahmt. Die beiden äußeren Fenster setzen die mittige Menschengestalt in Szene. Ihr Dschungel rinnt in bunten Strömen an ihr vorüber. Sie ist Teil eines verwaschenen Triptychons, das über seine eigenen Ufer tritt.

Madonna, so würde ich dich nennen, wärst du ohne deine Bilder lediglich die Mitte deines Fensters.

Ich stehe im Regen. Uns trennt Fensterglas.

Ich zähle die vergehenden Tage an den fallenden Blättern und setze gedanklich auf jedes einen winzigen rosafarbenen Kreidevogel, der auch schwimmen kann. Wenn ich in die noch grelle Sonne sehe, blinzle ich jeden einzelnen Vogel weg und sehne mich nach der kargen Gnade eines November-Morgen-Grauens. Mein Malen hat die Hausfassade um meine Fenster verändert, Farbreste haben sich in Backsteinritzen und -nischen verkrochen, meine Fenster sind den übrigen Gebäudefenstern enthoben worden. Mein Ausblick hat sich nicht verändert. Meinen Zeichnungen kann ich nicht gegenüberstehen, da müsste ich schon fliegen können. Sonne und Regen haben aus zerbrochener Kreide auf verbranntem Rasen einen bleichen Farbfleck hinterlassen. Wenn ich auf ihn herabsehe, stelle ich mir fliegende Fische vor, nur um mir dann schwimmende Vögel herbeizuwünschen.

Um die Fenster hat das Mädchen so viele Vögel gezeichnet, dass ich sie wohl nicht zählen kann. Ich sehe sie in ihrem Zimmer umherwandern. Heute habe ich sie nicht malen sehen. Ich ertappe mich bei dem Versuch, die Vögel zu zählen, die meisten sind rosa, einige wenige sind hellgrau, ein einziger ist schwarz und sitzt außerhalb des üblichen Dschungels auf einem für die Kreidezeichnung fernen Baum. Zwei große gelbe Fische mit roten Augen bestaunen mich vom linken Fensterrand aus. Auf der anderen Seite, ihnen gegenüber, sitzt der schwarze Kreidevogel. Ich stelle mir vor, wie es sich anfühlen würde, mit der bloßen Hand durch ihre Bilder zu wischen, stelle mir vor, welche Tiere ich verändern oder ganz von der Bildfläche tilgen würde. Ich überlege mir ein Lieblingstier, frage mich zugleich, ob es solche Fische geben kann und ob sie es weiß oder nicht, oder ob es ihr egal ist, was es auf dieser Welt gibt und was nicht existieren darf. Ein leichter Nieselregen unterbricht die Vorstellung und verleiht den beiden Kreidefischen für kurze Zeit eine nahezu plastische Lebendigkeit. Ich komme bei den gelben Fischen an, die für mich ihr kreidegelb ablegen, um nun fröhlich vergoldet die Hausfassade hinabzuschwimmen. Ich schließe für unbestimmte Zeit die Augen. Als ich sie öffne, sind meine Schuhe vollständig durchnässt, der Dschungel ist in einem Farbmeer aufgegangen, all die Vögel treiben als impressionistisch verschwommene Bojen durch die Backsteinfassade. Der schwarze Vogel ist getilgt. Die beiden goldenen Fische mit den roten Augen haben die Sintflut überlebt und schwimmen nun munter zu meinen Füßen.

Ich sehe von meinen nassen Schuhen auf.

Das Fenster zerrinnt im Regen.

Unberührbar

Sein Licht ist vergleichbar einer Nische, in der eine Leuchte ist.
Die Leuchte ist in einem Glas.
Das Glas ist, als wäre es ein funkelnder Stern.

Kalter Wind liebkost nackte Beine nach einsamem Gebet unter unbekanntem Himmel, noch bevor der rote Morgen seinen Anbruch beschlossen hat: Mina lässt sie über dem Schulabgrund baumeln, während sie das Alleinsein genießt. Ihr Rocksaum flattert wild. Der Schulhof liegt weit unter ihr, sie schaut auf alles herab, sieht ihre weißen Beine fliegen. Das Gebet hat sie entrückt, ihr Atem ist eine andere Welt voller Licht, bevölkert von Geistern. Der Mond ist ferner Zeuge. Als Betbruder ruht er blass und schmal in bereits vergangener Zukunft, mehr noch, er vergeht im Augenblick zwischen Abend und Morgen, Nacht und Tag. Die Sonne gewinnt, der Mond zieht sich in vornehmer Blässe zurück in die Dunkelheit. Mina weint leise.

Yasmina Aylin al-Abdennour galt nicht nur in den Kreisen ihrer Familie als schön: Sie hatte ein harmonisches, herzförmiges Gesicht mit einer beinahe unüblich hellen Haut, die ihr ein blasses Leuchten verlieh. Aufgrund dieses Leuchtens schenkte ihr ihre Mutter betend den Zweitnamen Aylin, der die wahre Natur ihrer Tochter verriet.

Umm Nawar war eine kluge Frau und ganz im Gegensatz zu ihrem Mann erahnte sie das schlummernde Geheimnis ihrer einzigen Tochter, als sie dieser vor siebzehn Jahren den Mond in den Geburtsnamen legte.

Von ihren Eltern und Brüdern wurde Yasmina liebevoll *Mina* gerufen. Dieser Kosename war ihr so vertraut, dass es ihr manchmal fremd, sogar falsch erschien, wenn man sie mit ihrem eigentlichen Namen, *Yasmina,* anredete.

Seit zwei Jahren besuchte Mina auf Wunsch ihrer Mutter eine reguläre Schule, in der sie das einzige muslimisch erzogene Mädchen war. Sie ging in weiten Kleidern zur Schule, achtete auf gedeckte Farben. Nie hätte sie auch nur im Traum daran gedacht, oder jemals den Wunsch verspürt, den Hidschāb abzulegen. Mina war ein frommes Mädchen und fand mit ihren siebzehn Jahren großen Trost im stillen Gebet. Oft schlich sie sich dafür bereits vor Tagesanbruch hinauf auf das hohe Dach des Schulgebäudes, um dort vertieft in den Sprechgesang ihres eigenen Betens die Sonne aufgehen zu sehen. Im ersten Licht des anbrechenden Tages empfand sie stillen Frieden, wenn ihr die neugeborene Sonne nachsichtig die Wangen wärmte.

Das hölzerne Klirren ihres Perlenvorhangs weckte Mina aus ihren Gedanken, als sie sich gerade das Untertuch ihres Hidschābs an den Haaren feststecken wollte. Gut gelaunt stand sie vor ihrem Spiegel, drehte sich verträumt in Richtung ihres Vaters und deutete ein sachtes Lächeln an: „Guten Morgen."

„Du musst das nicht tun, Mina", sagte Hamza al-Abdennour mit strenger Miene.

„Muss was nicht tun?", wollte Mina von ihrem Vater wissen.

„Du musst dich nicht verbergen, Yasmina." *Yasmina* wurde sie von ihm nur genannt, wenn er es sehr ernst meinte. „Du musst dich nicht verschleiern. Du darfst frei über deine Kleidung entscheiden, ich bin sicher, du wirst mir und deiner Mutter keine Schande bereiten. Hier bist du geschützt. Du bist meine einzige Tochter und wirst von mir, deinen Onkeln und deinen Brüdern immer beschützt werden."

„Es wird immer Menschen und Dinge geben, vor denen mich nur Allah beschützen kann, Vater."

„Du willst al-Abdullahs Sohn also noch immer nicht?", schloss

Hamza. „Er ist ein aufrichtiger Mann von wahrem Glauben, er wird immer gut zu dir sein.“

Mina senkt den Blick, sieht hinab auf ihre Füße, unterdrückt eine schnippische Antwort, die sich, nur einen Atemzug später, in ihrem Gesicht abzeichnet.

„Du bist klug und schön.“ Nun lächelt Minas Vater und sie wusste, dass er seinem Satz ein Ganz-wie-deine-Mutter anhängen wollte. Sie war dankbar, dass er es vermied. „Du kannst wählen“, fuhr Hamza fort, „viele gute Männer wären glücklich, dich zur Frau zu haben. Das würde deinem Leben einen Sinn geben.“

Mina sah noch immer nicht auf und erwiderte ihrem Vater nichts. Eine peinliche Pause entstand, entscheidende Worte wurden Teil des Schweigens. Minas Schweigen wurde trotzig.

„Ich habe verstanden, dass du noch nicht heiraten willst. Ich würde nicht verstehen, wenn du niemals heiraten wolltest. Deine Brüder haben Gnade gefunden vor Gott. Sie gründen bereits Familien und ich werde bald Großvater sein.“ Hamza musterte den stillen Trotz seines jüngsten Kindes in gütiger Strenge. Er überlegte. „Du kannst studieren, wenn du möchtest, du könntest meine Praxis übernehmen, falls das dein Wunsch ist.“

Yasmina richtete sich auf und sah ihrem lamentierenden Vater direkt in die Augen: „Warum nennst du mich *Mina*?“

„Was für eine Frage ist das schon wieder? *Yasmina* war die Wahl deiner Mutter. Viel zu lang für dich, wie ich finde, *Mina* ist kürzer.“

Yasmina nickte unzufrieden und fuhr damit fort, sich das Kopftuch festzustecken. Sie blickte sich fremd werdend in ihr eigenes Spiegelbild und sprach mit ihrer monotonen Gebetsstimme zu sich und ihrem Vater: *„Denn meine Tochter ist ein Teil von mir selbst. Was sie schmerzt, schmerzt auch mich! Was sie überwältigt, überwältigt auch mich! ... Niemals“.*

Innerlich schockiert über die scheinbar unbedacht rezitierten Worte seiner Tochter, bewahrt Hamza harte Ruhe, um dann schneidende

Kraft in seine Erwiderung zu legen: „Du liest viel in den Heiligen Worten unseres Propheten. Wahrlich, du hättest Fatima heißen sollen, aber dann wärst du jung gestorben.“ Der Vater geht, ohne sich umzudrehen, schließt die Tür hinter sich.

Yasmina bleibt allein.

Nischenlicht.

Mina verabschiedet die Sonne. Sie kniet demütig im südöstlich ausgerichteten Ozean, der ein wasserblauer Sadschada ist. In ihrem Herzen wohnt ein Kompass, der sich im rechten Licht zu drehen weiß: Mekka liegt fern, Mina ist fernab von Medina.

Die Gesichtszüge des betenden Mädchens schwimmen einsam hinter Milchglas. Zerbrechliche Gedanken, die nicht die eigenen sind, ziehen am Glaskörper einer Fremden vorüber. Yasmina hat ihr Gebet beendet. Es wird dunkel in ihrem Zimmer.

Das Mädchen leuchtet sanft, Gebetsreste in den Mundwinkeln. Licht tritt durch die Poren ihrer hellen Haut, verbreitet sich im Raum, dehnt den Sonnenuntergang.

Um Yasmina rauscht die Zeit. Sie betritt den eigenen Fremdkörper nur zögerlich, hofft heimlich auf die baldige Rückkehr des Mondes. Yasmina fühlt ihr Leuchten nicht und wird gläsern. Der Abendstern funkelt verheißungsvoll im schrägen Rechteck ihres Dachzimmerfensters. Das Fenster ist rechteckig verschnittenes Himmelsreich: Es nimmt den Blick gefangen und verkauft ihn, ohne Rücksicht auf Verluste, an den Glanz unerreichter Sterne. Mina bewohnt den Himmel stückweise mit gefangenen Augen und gestohlenen Blicken.

Der Mond erobert den Abendhimmel. Die Sonne sinkt.

Durch Yasmina strömt das große Schweigen des beleuchteten Trabanten: Gesicht wird Gestirn. Gestirn wird Gesicht. Seelenhunger mündet in Seligkeit. Yasmina summt, mischt sanfte Töne in das Zimmerleuchten, wird Klangkörper und lässt das Menschenmädchen arglos hinter sich. Im Summen flüstern ferne Stimmen, verdichten sich zu einem geheimen Namen: *Aylin*.

Yasmina erwacht betroffen auf ihrem Gebetsteppich sitzend, hebt den Kopf, lauscht angestrengt; sengendes Still-Werden-Müssen verleugnet kurzfristiges Leuchten und gebiert Verbrennen. Ihre Knie schmerzen dumpf. Der rechteckige Himmel glänzt schwarz, ihr Zimmer wird Nacht.

Neulicht.

Ramadān. Yasminas Mund ist staubtrocken. Die Schulklingel schrillt in ihren Ohren nach. Pausenlärm. Mina wünscht sich in den Schutz ihres Elternhauses, in die Arme ihrer Mutter. Sie beobachtet hungrig das Verschlingen eilig ausgepackter Pausenbrote. In Gedanken sitzt sie auf dem Dach des Schulgebäudes, blickt auf kleine und große Pausenszenarien hinab, lässt hin und wieder ihre nackten Beine baumeln. Sie fühlt sich leicht, als könnte sie ihren Körper jederzeit abstreifen oder ihn Ausversehen fliegen lassen. Um ihre schwarzen Pupillen leuchtet die Mondsichel vergangener Abendgebete.

Der Vater fastet unregelmäßig, die Mutter verweigert das Essen ganz. Yasmina steht dazwischen, betet für beide, träumt in ihrem azurblauen Ozean, gewoben aus Gott und Gebet, verglüht am Tag, verlischt ganz in der Nacht, spricht nur zur Sonne, beichtet dem Mond, hat das Menschenmädchen zeitweise abgestreift.

Yasmina schaut direkt in das morgendliche Sonnenglühen, ihr Atem geht tief. Sie vernimmt den Namen, der nicht zu ihr gehört. *Aylin* – muss eine andere sein. „Aylin“, sagt die junge Männerstimme freundlich. Yasmina erwacht senkrecht sitzend und schweißnass in ihrem eigenen Bett. Das dunkle Zimmer ist in Graulicht getaucht, der Mond enthält sich seiner Stimme, beruft sich auf Neulicht, lässt Yasmina allein zurück mit fremdem Namen und noch fremderen Männerstimmen.

Graulicht.

„Sie sollte endlich verheiratet werden“, sagt Hamza al-Abdennour ehrlich besorgt.

„Sie isst noch immer nicht“, entgegnet Nawar al-Abdennour besorgter.

„Sie wird noch verhungern“, wirft Yasminas ältester Bruder in die Runde.

„Aus Liebe zu Allah“, fügt dessen Frau ihren kleinen Sohn auf den Knien schaukelnd hinzu.

„Sie ist erst siebzehn Jahre alt ...“, sagt Umm Nawar leise zu sich. Ihr Ehemann hat sie gehört.

„... älter, als du bei deiner Hochzeit warst“, sagt er mit noch immer verliebten Augen beschwichtigend.

„Wir hatten Glück, Hamza. Wir haben gelernt, einander zu lieben und so Gnade vor Gott erlangt. Wir sind mit wunderbaren Kindern gesegnet worden. Jedes für sich. Das muss nicht Yasminas Schicksal sein.“

Allah weiß über alle Dinge Bescheid, denkt sich Umm Nawar im Stillen und durchwandert dabei ihre Erinnerung auf der Suche nach der kostbarsten: *Yasmina Aylin al-Abdennour* wurde spät geboren. Ihre Tochter war das Wunder einer Vollmondnacht und Allahs Antwort auf langes, aufrichtiges Beten. Yasmina, *Aylin* war ihr einziges Mädchen, ihr zuletzt geborenes Kind und ihr Geschenk an die Welt, denn Yasmina hatte Anteil am Licht Gottes, das wusste Nawar bestimmt von dem Augenblick an, als sie dem Kind zum ersten Mal in die Augen schauen durfte. Doch behielt sie es für sich und versteckte dieses Wissen im Namen ihrer Tochter.

„Andere Mädchen in ihrem Alter gehen aus, versuchen, Jungs kennenzulernen, interessieren sich für Partys, Makeup und fürs Reisen, man muss sie zum Gebet anhalten, sie an ihre Pflichten erinnern.“ Hamza schüttelt resignierend den Kopf, hebt hilflos die Hände. „Mina kann Stunden still und allein in ihrem Zimmer verbringen, ohne dass man sie auch nur bemerken würde. Wenn man dann nach ihr sieht, sitzt sie vertieft auf ihrem Sadschada, und ich fühle mich fast, als würde ich etwas Heiliges unterbrechen, fühle mich in meinem eigenen Haus als Störenfried."

Nawar al-Abdennour legt ihrem Mann liebevoll die Hand auf die Schulter. Hamza beruhigt sich, wird kurz dankbar für die stetige Liebe an seiner Seite. Er gebietet auch seinen Söhnen innezuhalten und erklärt die Familienzusammenkunft mit einer knappen Geste für beendet. Umm Nawar bittet zu Tisch und denkt nun etwas weniger besorgt an Yasmina, die noch immer in der Schule ist.

Der dickliche Biologielehrer fixiert das Mädchen unter dem Kopftuch, während der Zeigestock ungestüm und fahrig über das unübersichtlich angelegte Tafelbild wandert. Große Augen schauen zurück. Verstehen nicht. Sprechen nicht. Sprechen nichts aus, was der Worte unwürdig ist. Lehrerblicke zerlegen, werten, schätzen gering, bleiben haften, verselbstständigen sich an ihrem kreideweißen Gesicht, wandern tiefer, verwunden, schmerzen nach. Yasmina versenkt die Tiefe ihrer Augen unter langen Wimpern, fühlt sich, als ob ihr Herz aussetzen müsste. Unter ihrem weiten, schwarzen Kleid presst sie nervös die Fußspitzen gegeneinander. Sie fühlt sich vom Lehrer belauert, von den Schülern beobachtet. Sie überhört die anzügliche Bemerkung des Kaugummi kauenden Jungen hinter sich. Er fragt sich, was sie drunter trägt, das möchte auch der Biologielehrer wissen, das kann Yasmina auf ihrem Gesicht fühlen. Sein lüsterner Blick tastet sie ab, sucht Schwächen, trifft pfeilartig ins Schwarze. Er fordert sie auf, das Tafelbild zu erklären. Sie überhört seine Forderung, denkt sich weit weg, lässt den eigenen Körper sitzen. Der Biologielehrer gibt sich ungehalten, es ist seine letzte Stunde für heute. Die Schüler werden laut, Mina will nicht antworten. Niemand darf die Stunde verlassen, bis sie es tut. Mina spürt Kälte in den Augen der anderen. Blicke treffen sie, löchern das dunkel verhüllte Mädchen. Yasmina bleibt sitzen.

Licht über Licht.

Yasmina liegt auf ihrem Zimmerboden, den Blick an den rechteckigen Himmel geheftet. Mina treibt auf flachen Wellen, der blaue Sadschada trägt sie davon. Das Zimmer zerfließt im Meer nach Mekka. Mina nimmt betend Fahrt auf, trinkt Fernlicht im Ein- und Ausatmen. Gleißendes Licht bricht durch den schlafenden Mädchenkörper. Ein ferner Duft von Lilien lässt Liebe erahnen. Milchweiße Geister bevölkern den Raum in würdevoller Andacht. „Aylin", raunt es durch Yasmina. Die sanfte Männerstimme säuselt wiederholt den fremden Namen am Rande aller Sinne. Mina schlägt die Augen auf und spiegelt sich in engelsgleichen, liebenden blauen Augen. *„Aylin*, endlich bist du bei mir", spricht es glücklich in Yasminas Gedanken. Das alterslose Männergesicht strahlt in friedvoller Wärme. Es nimmt den gesamten Raum um Yasmina ein. *Nenn mich Mina!*, denkt Yasmina versonnen vor sich hin lächelnd. Das Lichtgesicht schüttelt sich sanft, das Zimmer lacht vor Freude, Yasminas Körper bebt. *„Mondmädchen* ist dein wahrer Name vor Gott", seufzt es aus dem schönen Antlitz. „Du bist *Aylin* vor, in und aus Gott heraus und ich bin sein Bote." Yasmina schüttelt ungläubig den Kopf, möchte aufwachen. „Du bist bereits erwacht", tönt es in warmen Wellen hinter ihrer Stirn. „Deine Mutter hat dich benannt, hat dir deinen wahren Namen im Lichte Gottes zugedacht. Sei dankbar. Du bist dem Einen nahe, wirst den Menschen fern. Kehre zurück, *Aylin*. Kehre zurück, du, die du im Angesicht Gottes verweilen durftest."

„Wer bist du, dass du dich Bote des Einen nennst?", fragte Aylin beinahe zornig in das blendende Gold-Weiß. *Dschibrīl* war das Wort, das von nun an in ihren Gebeten wohnte.

Windlicht.

Der Wind heult laut und fordernd. Es ist kalt. Aylin steht barfuß auf dem Dach der Schule. Die Nacht hat einen schützenden Mantel um sie gelegt. Kälte durchdringt sie dennoch vollkommen. Aylin krallt ihre Zehen um den Gebäuderand und sieht sich fliegen. Heiße Tränen verrinnen ungesehen. Der Wind trägt sie mit dem Regen in die Welt hinaus. Aylin ist nicht Teil der Welt. Sie wischt sich die Augen und schreit. Lang und anhaltend flieht der Schrei vor seiner Schöpferin. Sein Echo folgt ihm unerbittlich durch Gebäudeschluchten. Die Restnacht umfängt ihn sacht. Ihre Umarmung wahrt kalte Geheimnisse. Aylin ist auf ihre tauben Knie gesunken, fühlt nur noch Körperteile und nicht sich. Der Wind reißt an ihrem Unterkleid, benetzt die nackten Mädchenbeine unerbittlich. Aylin zerrt an ihrem nassen Kopftuch und lässt es mit dem Wind fliegen. Sie hebt den Rock und zieht ihn sich ungelenk über den Kopf. Die Kälte ist ein weit entferntes Gefühl, das zu Yasmina gehört. Der Himmel glüht. Aylin wird warm. Einzelne Tropfen reflektieren goldenes Licht. Der Morgen kündigt sich, an Aylin vorüberschimmernd, an. Noch klebt das nachtblaue Unterkleid am Körper der jungen Frau. Sie kniet im Ozean ihrer Gebete und leuchtet mit dem Himmel. Das Unterkleid zerreißt unter fahrigen Bewegungen in zittrigen Händen. Aylin lässt einzelne Stoffstreifen auf die Schule fallen, schenkt das Unterkleid dem Wind, steht nackt unter dem Himmel, der den Mond vertreibt, der die Sonne gebiert. Tausende Regenperlen fließen in ungehemmten Rinnsalen ihren Körper erkundend hinab. Aylin ist frei für den Flug, frei für den Fall.

In ihrem erkaltenden Rücken ruht ein wärmender Blick. Aylin dreht sich nicht um. „Mutter?“, fragt sie in die Morgensonne blinzelnd. Nawar al-Abdennour nickt bedächtig, bringt beim Anblick ihrer nackten Tochter jedoch keinen Ton heraus. Ihr jüngstes Kind ist über und über mit blauen Flecken übersät, die sich im starken Kontrast zur hellen Haut absetzen. „Mina“, haucht sie verzweifelt in den getrübten Tag hinein. Aylin schließt die Augen, fühlt die Morgensonne auf der nackten Haut, ist dem Himmel so nah sie kann. Orange-goldener Regen glänzt in ihrem weißen Gesicht. Blasse Worte ruhen auf den vollen Lippen. Mit „*Dschibrīl*“ verklingt ein letztes tonloses Flehen des *Mondmädchens* im Sonnenlicht. Aylin atmet lange durch den Mund aus. Ihre Mutter hinter sich wissend, dreht sie sich noch immer nicht um. „Mina“, ruft Umm Nawar in wachsender Verzweiflung.

Aylin spannt ihren Körper, möchte fliegen oder fallen. „Warum nennst du mich *Mina*?“, fragt Aylin ihr Gesicht abwendend in die fremde Sonne und meint den Mond – „*Mina* bedeutet Liebe“, ist die einzige Antwort ihrer Mutter.

Yasmina fliegt.

WADI

Risse durchzogen ferne Trockenheit, brachen Erde mit feuchter Erinnerung, schufen Verbindungen, vertieften sich in durstigen Miniaturschluchten und flachen Mulden. Vom Zufall beschlossenes Klaffen erzeugte vereinzelt abgetrennte Körperschaften. Ein feines Netz überzog die verwundete Landschaft, die sich wie ein einsam sterbendes Tier in ihr Schicksal ergab, während sie sich vergebens nach dem Geräusch der Tropfen sehnte. Ein feines Schaben balanciert todesmutig und fremd an sich verästelnden Abgründen: siehe da, eine Ameise.

Julia Kulewatz - Autorin

Julia Kulewatz wurde in einer stürmischen Oktobernacht unter einem roten Jägermond von einer ziemlich wilden Erfurterin in der Nähe von Berlin in die Welt gesetzt. Seit Blut dicker als Wasser ist, kehrt sie abwechselnd nach Berlin und Erfurt heim. Unterwegs hat sie ihr Herz an Seoul verloren. Nur das Herzverlieren hat sie mit einigen ihrer Figuren gemeinsam, denn auf ihren Kopf achtet sie streng.

Heute schreibt sie mit dem „Kopf in den Welten" vor allem Kurzgeschichten und literarische Miniaturen. Außerdem arbeitet sie heimlich an ihrem ersten Roman.

E-Mail: j.kulewatz@gmail.com

Frank Krause - Illustrator

Frank Krause wurde 1981 in Wriezen in Brandenburg geboren. Nach seinem Illustrationsstudium in Bochum arbeitet er seit 2005 als freischaffender Künstler in Wuppertal und aktuell in seiner Wahlheimat Erfurt. Seine Kunst ist facettenreich und vielschichtig. Er zeichnet filigrane Illustrationen, witzige Comicfiguren, arbeitet aber auch auf großformatigen Leinwänden mit Airbrush, Acryl und Öl. Frank Krause ist ein junger Künstler mit hohem Anspruch an sich selbst. Mit seinen Bildern will er berühren, aufrütteln und zum Nachdenken anregen. Das zeigt sich besonders in seiner jüngsten Serie „Vom Krieg gezeichnet", in der er sich in seiner ganz eigenen Art mit dem Thema Krieg auseinandersetzt.

Künstlerwerkstatt Frank Krause
Karl-Marx-Platz 3 · 99084 Erfurt
Telefon: +49 361 - 21 65 87 49
Mobil: +49 174 - 3 13 74 74
Web: www.illustravieh.de
E-Mail: info@illustravieh.de

ILLUSTRAVIEH

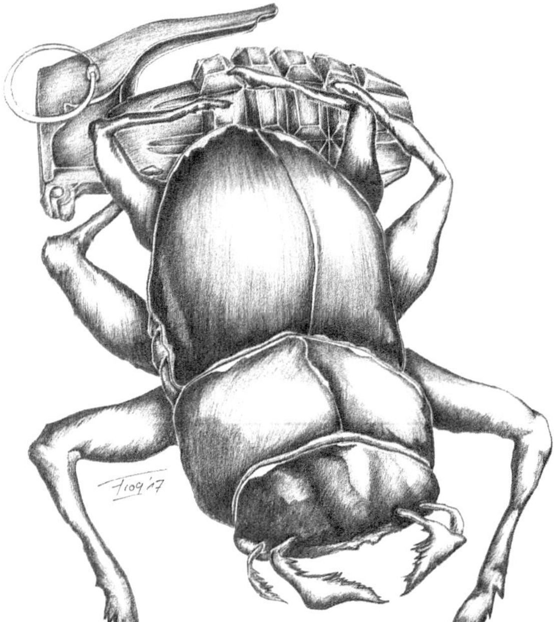